谈恋爱吧, 好不好, 胡绵绵?

力潮文创
POWER TIME　白鲸文化

为纯粹的乐趣而读

图书在版编目（CIP）数据

盛夏绵绵冰/一只西飞雁著. —武汉:长江出版社，2022.11
ISBN 978-7-5492-8440-5

I.①盛....①一...Ⅲ.①长篇小说－中国－当代
IV.①I247.5

中国版本图书馆CIP数据核字(2022)第137060号

盛夏绵绵冰 / 一只西飞雁 著

出　　版	长江出版社	
	（武汉市解放大道1863号 邮政编码：430010）	
策　　划	力潮文创-白鲸工作室	
市场发行	长江出版社发行部	
网　　址	http://www.cjpress.com.cn	
责任编辑	梁　琰	
特约编辑	唐　婷	
营销编辑	芹　子	
封面设计	吴思龙@4666啊	
封面绘制	志志超　河野尾	
插图绘制	河野尾　揪一把秋葵　客小北	
印　　刷	北京盛通印刷股份有限公司	
版　　次	2022年11月第1版	
印　　次	2022年11月第1次印刷	
开　　本	880mm×1230mm　1/32	
印　　张	8.5	
字　　数	187千字	
书　　号	ISBN 978-7-5492-8440-5	
定　　价	42.80元	

电话：027-82926557（总编室）027-82926806（市场营销部）

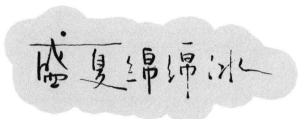

一只西飞雁·著

长江出版社
CHANGJIANGPRESS

目录

六岁那年夏天，胡牧远第一次坐火车，是和外公一块儿去棠城。

暑期的车厢空荡荡的，没坐几个人。胡牧远像只猴子似的在座位上钻来钻去，外公也不生气，只虚扶着让她慢点，别摔着了。胡牧远玩累了就找空座睡觉，睡醒了就吃零食，二十多个小时一会儿就过去了，半点儿没觉得难熬。

来火车站接他们的是爸爸胡东成，在胡牧远的心中，爸爸是一个年轻爱笑的男人。她在这次见到爸爸之前，对他只有一天的记忆。

那天奶奶在院子里洗衣服，她在一旁玩泥巴，院门忽然被推开，走进来一个陌生人。她好奇地看了他一眼，又看一眼奶奶。

奶奶呵呵笑了："远远，自己爸爸不认识啦？"于是她欢呼着扑上去，任由胡东成牵着她去洗了手，又抱着她去买了糖果，打了疫苗。从天亮到天黑，她怎么都不肯从胡东成身上下来，他轻声细语的，一路有求必应，耐心又温柔地哄着她。

她记爸爸的好，常常会想起这幸福的一天。真的见到爸爸后，胡牧远蹦蹦跳跳的，一直围着他告状，说表姐怎样欺负她，怎样将自己做的坏事推到她头上，又怎样趁没人时偷偷掐她。

"看——"胡牧远抬高手，想给爸爸看手臂内侧破了皮的伤痕。但他好像没怎么当回事，一直在和外公聊天。

在车站外走了一会儿，胡东成带着胡牧远和外公上了一辆面包车。面包车摇摇晃晃不知开了多久，停在了一栋看着十分老旧的木房子前。外婆和妈妈一人抱了一个小孩坐在门口。胡牧远知道，那是她一岁多一点的弟弟妹妹。

外公住了两天就回去了，胡牧远的兴奋劲儿却一直没过去，总忍不住跟大人撒娇，缠着父母说这说那。大概是第三天午后，胡东成终于不耐烦了，一巴掌扇在了胡牧远的脸上。胡牧远傻了，脸颊火辣辣地肿了起来，张嘴就要哭。

胡东成手一指："你哭一下试试？"

胡牧远心生惧意，将声音噎了回去，眼泪却止不住流了下来。她扁着嘴，看向一旁择菜的妈妈和外婆。

妈妈："你爸爸和人说事呢，你别在旁边吵。"

胡东成："一天天的不知道哪来那么多嘴巴。"

大人们接着聊闲天，说到兴奋处拍手大笑。风扇在门边呼啦啦地吹，蝉鸣鸟叫声不绝于耳，胡牧远的世界却很安静，她哽咽着，默默退后，轻悄悄地在外婆身旁的小板凳上坐下。

在挨了人生中第一次打之后，胡牧远牢牢吃了教训，再也不敢往爸爸跟前凑。然而这远远不是结束，九月份在镇小报完名，小学生胡牧远才算迎来了她真正的地狱。

　　镇小的老师很好，会弹钢琴、会唱歌、会带着他们玩游戏。同学们也很好，会分给她糖吃，给她看漂亮的铅笔盒，让她摸滑溜溜的、印了公主图案的书皮。

　　可是回到家，吃完饭，坐在书桌前写作业时，时间就很煎熬了。胡牧远左边坐着妈妈，右边坐着爸爸，每读错一个拼音，写错一个数字，爸爸手中的衣架便会"啪"一下抽在她的手背上。如果强调了一次还错，很好，那就不用写了，先把笔放下，双手伸直平放在桌面上，打五下长长记性再说。

　　入学不到一个月，胡牧远的手心手背便布满了紫红交加的抽痕，手背肉少，抽痕连在一块儿，整片皮肤都肿了起来。十根手指也无一幸免，最惨烈时指关节肿胀得连弯曲都困难。也不单单是手，有时候胡牧远算术结果说得慢了，胡东成气上心头，宽厚的手背会直接往胡牧远脸上招呼，胡牧远在疼痛和惊吓的刺激下，眼泪会不受控地滑出眼眶，胡东成便讽刺她："哭？哭有什么用？你以为哭就不用挨打了？哭你就会了？蠢得要死，快点算！"在胡东成的标准里，小孩子是不允许哭的，如果敢哭出声，必然会招致加倍的打骂。胡牧远只能一边咬着牙流泪，一边战战兢兢地继续完成作业。

　　差不多每天晚上，胡牧远爬下书桌时，都双手发抖，涕泪交加。

　　外婆带她去洗脸，嘴上不忘说她："远远，你上课要认真听老师讲课啦。爸爸妈妈上班都这么辛苦了，还要守着你写作业，你要仔细一点，把题目都做对，别惹他们生气啊。"

胡牧远点点头，小心翼翼地清洗自己手上为数不多的完好的肌肤。

入秋之后，风一天比一天大起来，胡牧远和外婆躺在二楼的木床上，耳边一会儿是楼下木门的松动声，一会儿是楼梯边那扇关不紧的木窗的咔哒声，胡牧远总担心有什么东西要破窗而入，她胡思乱想着，捂着耳朵入了梦，梦中总有模糊的人影在追她。她不管在田野里奔跑，还是在街上信步乱走，没有一刻敢停下。

学期结束，温柔漂亮的班主任带着期末成绩来家访，夸胡牧远聪明，夸她次次考试都是第一名，郑重其事地给她发了一张"三好学生"的奖状。

胡牧远不太懂什么是"三好学生"，三好是哪三好，但她第一次在父母面前被这样表扬，忍不住翘起小尾巴，拿着奖状在屋子里到处晃。她想听爸爸妈妈也夸一夸她，嘴巴里就故意碎碎念："哎呀，贴在哪里好呢？外婆，你说贴这里好不好？"

外婆很捧场："我觉得好，外婆拿点米饭来给你黏上。"

"行了。"妈妈张茜看不下去，"一张奖状有什么好嘚瑟的，你以为靠你自己考得到？这是你一个人的功劳吗？有什么好得意的，骄傲使人退步知不知道？"

胡牧远被当头泼了一盆冷水，莫名觉得难为情，她把奖状叠好压在床底下，不敢开心，也不敢拿出来了。

临近年底，胡牧远全家六口人提着大包小包赶春运回邵城。因为只买了三张站票，抱着小孩的妈妈和外婆全程只能在行李上稍微坐一会儿。而胡牧远从上火车的那一刻起，对于火车的美好印象就跌了个稀碎。她从没想过一节车厢可以挤成这样，好像她不管站在哪里，四面八方都是比她高一大截的人。她想她就算当场睡着，也绝不会摔倒。

泡面味、快餐味、汗味，以及各式各样的异味混杂在一起，熏得胡牧远昏然欲呕，她忍了又忍，忍到有东西顶到喉口了，才拉着妈妈的袖子说想吐。张茜找了个塑料袋给她。她"哗"地一下像开闸的水龙头般泄了一大股下来，张茜吓了一跳，赶紧给她找纸和水。胡牧远吐完舒服多了，可是心里很不好意思，她感觉周围的味道更难闻了。

胡牧远一路吐了吃，吃了吐，好不容易熬到下火车，张茜破天荒带她去吃了碗粉，红艳艳的辣油和爽脆的酸萝卜总算唤起了胡牧远可怜的食欲。她慢慢吃了大半碗，跟着父母坐上了回乡的中巴车。

"2002年的第一场雪，比以往来得更晚一些……"

车厢上空循环回荡的歌曲，胡牧远回程路上已听过数次，她坐在最后一排靠窗的位置，不到十分钟，就伸出脑袋将才吃进去的粉吐了个一干二净。

中巴车并不挤，大开的车窗不断灌进寒风，气味也并不难闻，胡牧远的身体却不知道为什么，比在火车上难受百倍，她腹中明明已经空无一物，却还在持续性地翻江倒海，害得她隔一会儿就要扒着车窗吐酸水。

张茜完全没想到女儿这么晕车，一边给她拍背，一边心疼道："怎么会晕车晕成这样？之前也没听爸说啊。再这么吐，肠子都要吐出来了。"

胡牧远也不知道为什么，半年前和外公一块儿坐的时候安然无恙，现在会闻到汽油味就一股生理性反胃。她全身软绵绵的，有气无力得仿佛一缕游魂，只想找个平稳的角落蜷缩起来。

年后回棠城，胡牧远全家从五金小镇搬离，住进了岚秀区的工人新村。岚秀区是棠城的老城区之一，工人新村则是一处专门租给外地打工人的小社区。

工人新村四四方方的围墙内，只有一栋四层高的建筑，加后方一排平房。楼房的楼梯、盥洗池和男女公厕在每一层正中间，两边各有一条长长的走廊，连接了几十个正相对的格子间。

格子间十来平方米大小，摆两张上下床，一张桌子，几把椅子，再摆些锅碗瓢盆，就不剩什么活动空间了。胡牧远因为挡路被骂了两句后，抱着弟弟妹妹贴在桌角一动不动，安静地看着外婆洗洗刷刷，爸爸妈妈整理归置东西。

张茜抖了会儿床单，转身把房门给关上了。她埋怨胡东成为什么要租一楼最靠边的一间，从小台阶走下去就是垃圾堆，每天臭也臭死了。胡东成说："你以为这房子都是空的，供你挑呢？就剩这一间，有得住不错了。"

外婆："哎呀，把门关一关不就好了嘛，这也算不了什么大事。"

爸爸妈妈看着很不满意，胡牧远却挺喜欢这个新家。这儿热热闹闹的，每到五六点，就能听到一连串丁零零的车铃声，还有奇奇怪怪、来自五湖四海的方言。楼前的空地上总有一群小孩在玩游戏，大门口还有一家小卖铺。

出了大门，右边是一个大篮球场，正对着的是一条不宽的水泥路。胡牧远和外婆牵着弟弟妹妹在这条路上散过步。路并不长，十来分钟就走到了尽头，尽头是一条七八米宽的小河，路沿有台阶延伸至河边，河边铺了几块方便浣洗的预制板。

路的左侧有一排带花园的洋房，但砖墙高筑，大门紧闭，好像没有人住。

临近开学，胡东成和张茜因为胡牧远的就学问题吵得越来越激烈。张茜坚持要送胡牧远读区一小，胡东成不想送，他不愿意为高昂的借读费埋单。

胡东成："一个学期的借读费比我一个月工资还高，这送得起？再加学费、餐费，全家不用花钱了，就给她一个人读书算了！要我讲就读附近的工人子弟学校，离家近，省事又省钱。"

"读书是大事，好学校和差学校天差地别，这钱不能省。"

"子弟学校怎么就是差学校了？这栋楼你随便去哪家问，你看谁不在子弟学校读？"

"胡东成，你没必要在这说冤枉话，什么学校什么样你自己心里清楚。要放子弟学校，去年根本就没必要把远远接过来。"

"嗯，没错啊，本来就没必要，我早说了没必要。你非要多事，非要接过来，干脆趁早送回去，别在这浪费钱。"

"我懒得跟你说。你不出我出。"

"你出你也读不进，别人压根就不收。你以为那学校你想读就能读？"

胡牧远屏息凝神，努力降低自己的存在感，越是这种时候，她越容易被迁怒。

胡东成一看她就气不打一处来："你傻站着干什么？去把碗洗了！"

张茜和胡东成争不出结果，便不指望他了。可她好几次下班后绕路去区一小试图报名，都被学校以"不收插班生"为由拒绝了。不管她怎样恳求，怎样说自己女儿成绩还不错，都报不进名。就在她满心泄气，准备放弃之际，区一小竟然特地开了一辆车到工人新村招生，原来那年正好赶上并校，区一小被要求招收之前在周边镇小村小读书的学生。张茜大喜过望，生怕学校反悔，赶紧交了钱。交完钱她安了心，一整天都在感慨女儿的运气好。

区一小离工人新村有一段距离，胡牧远每天放学至少要走四十分钟才能到家。

至于早上，张茜起床时会顺便把她给拉起来，放在自行车后座上捎去学校。冬日清晨太阳上班晚，胡牧远和妈妈总是在深灰色的寒风里穿行，到学校时，天才蒙蒙亮。

新学校气派又漂亮，有金光闪闪的伸缩门、崭新的跑道和各式各样的教学楼。校门口雄赳赳气昂昂站了两排高年级学生，铁面无私地检查大家的三件套：校徽，红领巾，小黄帽。

胡牧远升入二年级后没多久，同住在工人新村的舅奶奶火急火燎地找到了胡东成和张茜工作的工厂，带来了一个噩耗：独自在家的外公下楼梯时跌了一跤，脑溢血，正在医院抢救。因为夫妻俩没有手机，前一天下午发生的事现在才辗转通知过来。张茜的眼泪当场就下来了，慌得六神无主，胡东成让她别急，立马去和老板请了假，买火车票准备回家。

外婆和弟弟妹妹也跟着回了邵城，只有胡牧远被留了下来。她甚至不知道发生了什么。只知道在学校好好上着课，忽然被老师叫了出去，爸爸妈妈反常地一块儿出现在门口，妈妈的眼圈红红的，爸爸则一如既往的严肃。

"远远，"妈妈蹲下来摸她的头，"爸爸妈妈有事要回老家，你要读书，不能回去，一个人在这里要乖啊。在学校要听老师的话，家庭作业要认真完成。饿了就去舅奶奶家吃饭。"她把串了钥匙的红绳挂在胡牧远脖子上，"这个是家里的钥匙，你平常出去要记得把门锁好，晚上睡觉也要把门关好。"

胡牧远有些不安："那你们什么时候回来啊？"

胡东成："很快就回来了。胡牧远，我会经常打电话给舅奶奶问的，要是被我听到你不听话，你就等着被打顿饱的。听见没？"

胡牧远："听见了。"

胡牧远踮着脚用钥匙打开家门时，家里一片狼藉，大人们走得忙乱，东西都被翻得乱七八糟。

胡东成的"很快"并没有兑现，他和张茜再回棠城，已经是几个月后的来年一月。

这几个月里，胡牧远每天早上在舅奶奶那领一块钱买早餐，一个人上学，放学回家一个人写作业，边写边等舅奶奶叫她过去吃饭。

舅奶奶总会让她饭后出去玩会儿，开始时胡牧远不敢，说爸爸不让，舅奶奶觉得不至于，"小孩子玩会儿没关系的，再说你爸爸又不在。"

胡牧远问："那你可以别跟我爸爸说吗？"

舅奶奶笑了，"我保证不说。去吧。"

胡牧远便犹犹豫豫地出去了。

没两三天，胡牧远就交了一个叫刘子卉的好朋友。刘子卉家和她家隔了三个格子间，也读二年级，不过是在子弟学校读。她有一个哥哥，叫刘子军，比他们大三岁，是新村的孩子王，每天呼朋引伴的，带着大家玩各种各样的游戏。胡牧远托刘子卉的福，被刘子军纳入了己方阵营，也跟着学会了不少好玩的游戏，常常玩得满头大汗才回家。

刘子卉家还有电视机，虽然能收看的节目不多，但对于来棠城后就再没看过电视的胡牧远来说，已经很不错了，于是基本上每个周末，胡牧远都往刘子卉家跑。但她到底不敢太放肆，总害怕父母哪天突然出现，作业还是规规矩矩一丝不苟地完成了。

等到胡东成和张茜真的回来，胡牧远心里担惊受怕的，总觉得父母对她这段时间的动向一清二楚，她有打要挨。然而等了半天，也没有人动手，胡牧远大着胆子问了一句："外婆和弟弟妹妹呢？"

张茜："外婆带着弟弟妹妹在老家住，不来这儿了。"

"为什么呀？"

"小孩问这么多做什么？"胡东成往桌边一坐，"你作业呢？都拿过来检查。"

"哦。"胡牧远把书包拉出来，作业摆在桌上。

没有了外婆，胡牧远便成了劳动力，被训练着掌握了一些复杂的家务活。胡东成和张茜夜班要上到十点左右才能回家。胡牧远放学之后，就得先生火，再写作业，写完热一热桌上留的饭菜，然后烧两壶开水，灌进热水壶。事情都做完了，就洗脸洗脚，上床睡觉。偶尔张茜回来得早，还要给胡牧远听写当天的生字词。

虽然事情很多，但全天不用怎么见到胡东成，胡牧远的日子还是挺好过的。等到周末白天胡东成在家睡觉，胡牧远就很痛苦了。她和爸爸共处的几个小时，除了吃饭之外，基本在书桌前一动不动。

其实学习步入正轨之后，胡牧远很少再像从前那样挨打。但出于对胡东成深入骨髓的惧怕和以往经验，胡牧远知道他看不惯自己游离在书桌之外的任何地方，她只有拿着笔坐在桌前，在他看来才是顺眼的。

作业写完了，胡牧远就把课本翻来覆去地看，语文课本，数学课本，思品课本，音乐课本，美术课本，看完图看字，看完大字看小字，连犄角旮旯儿的注释都不放过。

随着认的字越来越多，胡牧远很爱去教室的图书角找书看，那儿有个六层高的小书架，摆满了花花绿绿、厚薄不一的童话书。胡牧远看完一本又一本，看了一遍又一遍。童话世界里鸟语花香，万物有灵，心愿会被听见，反派会被打倒，公主和王子历经磨难后总会幸福地生活在一起。

童话里还有好吃得不得了的莴苣，胡牧远问过妈妈莴苣是什么，到底有多好吃，妈妈没理她。其实妈妈张茜也很爱看书，常常夹着书做这做那。

张茜看的书薄薄的，有大有小，封面上印着几个永恒的名字：

《知音》《故事会》《意林》。胡牧远翻开看过，密密麻麻全是些特别紧凑的字，也没有拼音，她阅读起来有些困难，往往还没看两眼就被妈妈给抽走了。

"这书不是给你们小孩看的。"张茜说。

深冬的一个晚上，胡牧远从煤球炉上将烧水壶提下来，准备灌进热水壶时，没有拿稳，壶嘴滚出的开水从她的大腿处浇了下去。

剧烈的刺痛瞬间袭至大脑，胡牧远那一下给疼愣了，下意识松了手，水壶翻在地上，撞倒了热水壶，银色的内胆噼里啪啦碎了一地。

胡牧远头顶冒汗，坐在凳子上，咬着牙给自己脱下滚烫的裤子，换上了新的。她尽力忽视大腿处的麻疼，重新接水、烧水，又将地板打扫干净。

她有点懊悔，害怕父母回来责骂她打碎了热水壶。没有热水壶可以灌水，她只好把煤火堵小，让水烧得慢一点。

残局收拾完，胡牧远爬上床，躺下才发现睡不着，她的大腿好像要烧起来了一样疼。

不知如何是好的胡牧远想起之前每次发烧，大人都会用热毛巾给她擦身，于是也给自己拧了一块热毛巾，敷在腿上，迷迷糊糊睡了过去。

第二天醒来，胡牧远大腿到膝盖连着起了一大片水泡，她大吃一惊，小声喊了一句妈妈，拉她看自己的腿。张茜吓到了，心疼到失语，胡牧远以为会被责备，但张茜只是手忙脚乱地给胡牧远翻了支软膏涂。

涂完药，胡牧远还是和往常一样，要穿三条裤子去上学。张茜叮嘱她走路小心点，别弄破了水泡。可是膝盖处的水泡足有乒乓球大小，胡牧远一天都没撑到，就因为不小心撞到桌角而弄破了它。那一瞬间，她能清楚感觉到有液体浸湿棉裤，紧接着便是一阵钻心的疼，比被烫那一下更甚，疼得她握拳屏息，面色惨白。

这事过后没多久，胡牧远家和舅奶奶家一块儿搬进了紧挨着新村大门的一个大通间。大通间比教室还大，中间拉一道布帘，就隔开了两家人。胡牧远心里暗暗高兴，因为这间房子的中间正上方，装了一台彩色电视机。

胡牧远是被明令禁止不允许看电视——除了某些时刻，比如有人在隔壁篮球场拉了幕布放映电影时，胡牧远可以代表全家，搬几个小板凳，早早过去占位置之外，任何时候，被胡东成发现她在别人家的电视机前停留，都免不了要吃巴掌。但现在在自己家吃饭，电视机放着，大人在看，她便可以跟着看几眼——如果胡东成心情好的话。胡东成心情不好，她就得背对着电视机吃饭。

因为靠近大门，空间宽敞，新村的很多大人会在晚饭后来胡牧远家看电视。大家守着央视，一天接一天，从《宝莲灯》追到了《大长今》，当然，胡牧远不包括在内，她只要写完作业，就必须上床睡觉，哪怕只有八点多，哪怕床边吵吵闹闹。

有天晚上，电视里正放到沉香去救三圣母，胡牧远听了几耳朵，心痒痒的，实在没有忍住，撩开蚊帐探出脑袋去看，看了没几分钟，和正好回头的爸爸对上视线，胡牧远立刻缩了回去，她紧张得心怦怦跳，自欺欺人地希望爸爸没有看见她。但爸爸紧接着就站在了床前，扯开了她身上盖的薄毯。

"好看吗？"爸爸问她。

胡牧远不敢睁眼，也不敢回答。

衣架雨点一般落在了她的身上。

"我让你看！让你看！"

胡牧远忍耐着，一声不敢吱。

为了防止胡牧远放学之后偷偷看电视，胡东成上班时，会直接将连接电视与电源的三通接口给带走。

天气渐渐热起来之后，刘子军带着院子里的一群小孩去河里游起了泳。胡牧远也去了，但她不敢脱衣服下水，只和刘子卉在河边踩水玩。

其实河水不深，哪怕从这头走到对岸，水都没不到胸膛。刘子军觉得没意思，又带着大家去附近的池塘。

池塘四四方方，由青砖砌的石墙围成，四面都有台阶可以走进水里，水清幽幽的，看着深不见底，刘子军把捡来的泡沫箱掰开，一人分了几块，很有大哥风范地向他们传授经验："你们不会游泳的，就抱着这个下水，绝对不会沉。抱着这个踩几圈水自动就学会游泳了，真的，我之前就这么学的。"

胡牧远摆手："我不会，我不敢。"

刘子军也不勉强，带着几个胆大的男孩哗啦一下就入了水。

胡牧远和刘子卉依旧只并排坐在台阶上，小腿泡在水里划着玩。

刘子军水性很好，一会儿就从这个角落游到了那个角落，满池塘的教人，也满池塘的照看人。

可惜没去几次，这事就被大人知道了。

胡东成下班后，衣服都没换，先让胡牧远跪下。

胡牧远不明所以，看着胡东成手中的衣架，心惊胆战地跪在了胡东成脚边。

胡东成让她把裤子撩起来，露出大腿。

胡牧远照做了。

胡东成问她："你跟着刘子军去塘边了吗？"

胡牧远小声道："我没游泳。"

"啪！"

胡牧远两条腿上瞬间起了红痕。

"我问你去了没有。"

胡牧远不敢说话。

"哑巴了？"

"啪！啪！啪！"

"你以为不说话就没事了，我告诉你，不说话我打得更重。"

胡牧远眼泪汪汪，声音带了哭腔："去了……但是我……"

"不许哭！胡牧远，你现在胆子大了，还敢跟别人去塘里游泳了？淹死在外面你看谁给你收尸！"胡东成一边骂，一边抽。

胡牧远哭着说："我没游泳……我真的没游泳，我只是在旁边玩……"

"还狡辩！谁准你去的？你不好好在家里待着，出去玩什么玩？"

"打得好！"张茜在一旁叫好，"你玩得没名堂了！竟然跟人去玩水！你知不知道水里多危险？每年淹死那么多小孩你以为开玩笑的，就该狠狠打一顿长记性。"

打完张茜还不放心，第二天干脆把胡牧远带去了工厂。

厂里有两三个像胡牧远这样被父母带来的小孩，通通安置在楼梯间，一人给个塑料凳当桌子，再给个小板凳。

胡牧远写完当天要完成的暑假作业，临完字帖，再将一堆和昨天没什么区别的口水话写在日记本上。——胡东成在暑假刚开始就给她布置了任务，要求她一天写一篇日记，他会批改。

无事可做的胡牧远在胡东成和张茜工作的车间门口站了站，车间内有上百台车床在同时切割金属，机器运作的滋啦声响混成了一片轰鸣，铜屑四处乱飙，又落在地上，积了薄薄一层。胡牧远怕看见爸爸，没敢走进去。

她沿着墙根，一路畅通无阻地进了另一个车间。那儿有两个巨大无比的锅，锅里翻滚着滚烫的铜水，有工人站在一旁用长勺搅拌，再舀起一瓢，浇灌进成排的模具里。

每一排模具都长得不太一样，胡牧远蹲在一旁看了快半个小时，也没人管她，直到有只手掌拍上她的后脑勺。

"乱跑什么？"胡东成把她拎起来，"吃饭去了。"

到了下班时间，胡牧远坐在张茜的自行车后座上，一溜就出了厂门。

她看见有工人在门口被抽查背包，便问妈妈为什么。

张茜说："老板疑神疑鬼呗，总担心有人夹带废铜出去。"

"哦。"胡牧远懂了。她知道废铜可以卖钱，刘子军经常会带着院子里其他的男孩子在路边搜寻废铜烂铁，有时候还会去工厂的排污处淘泥沙找铜片。

刘子军还有很多别的赚钱方法，比如去小工厂拿皮圈回来加工，比如捡塑料瓶。为了攒点零花钱，胡牧远也跟着捡过不少的瓶子。胡东成和张茜对她这种行为出于鼓励态度，认为她能捡十几块钱开学买文具也好。

娃哈哈矿泉水的瓶子一毛，橘子水的瓶子五分，易拉罐罐身标了"铝"字的一毛，标"铁"的五分，胡牧远很快便将这些摸得门清。

夏天是捡瓶党的丰收季，新村旁边的篮球场则是兵家必争之地。每到傍晚，总会有一两拨年轻人骑着自行车来打篮球，和他们一块儿来的，通常还有一整箱娃哈哈矿泉水。每一个喝完的空瓶落地不到三秒，就会被手快的男孩子捡走。

胡牧远小人儿一个，腿短手短，等看见瓶子了再跑，谁都跑不赢。于是她开始有针对性地"尾随"，看场上谁手中的水差不多要喝完了，她就跟着谁。

这方法很管用，捡漏了两个瓶子的胡牧远很振奋，开始了新一轮的等待。她紧紧盯着穿"3"号球衣的男生手中的水瓶，他走到哪她跟到哪，他坐在场边休息，她就在一旁蹲着。大概她的眼神过于炙热，把人给盯笑了。

"3"号逗她："你看着我干什么？"

胡牧远没想到他会和她说话，她也知道他知道她想要他手上的瓶子，只是故意这么问。她鼓起勇气问："你喝完了可以把瓶子给我吗？"

"可以啊。"他一口喝完，晃了晃瓶子，笑着看她，"你叫一声哥哥，我就给你。"

旁边几个男生跟着笑："叫啊，叫了我手上的也给你。"

胡牧远脸腾地一下红了，窘迫得不知如何是好。

"好了，一舟，别逗她了。"

大男生们拉开她装瓶子的塑料袋，连塞了好几个瓶子进来。

"谢谢哥哥。"胡牧远小声道。

"哎，不用谢。"谭一舟揉了揉她的鸡窝头。

8岁的胡牧远每天都顶着出自胡东成之手的鸡窝头，瘦骨伶仃的，简直像个小乞丐。

小乞丐胡牧远成了当晚的大富翁。她记住了"3"号哥哥，每天晚上都往球场跑，但他不经常来。他好像也记住了胡牧远，只要来，就会朝她招手，让她守着装水的纸箱，和其他队员像投篮一样将空瓶投进来。

这样的好事多了，院里别的小孩有意见，被刘子军给镇压了，他认为这种事各凭本事。

又是一年新开学，胡牧远升上了三年级，班上的同学换了一拨新面孔，课表上多了两个新科目，教材里多了几盒磁带。

他们家又搬回了二楼的格子间。

胡东成下班后兴冲冲地买了一个复读机回来，他将英语磁带放进去转了会儿，机身布满了细孔的扩音处便响起了轻快的前奏，紧接着，是一道悦耳清晰的女声。从此，胡牧远的日常功课里便多了一项读英语。

新的语文老师兼班主任姓葛，是一个高大的年轻男人，他带着大家布置教室，画板报，跟他们炫耀教室两侧的水墨画和题的字都出自自己之手，同学们捧场地"哇"，起哄让老师再画一幅，葛老师"嘁"一声，拿着粉笔随随便便一勾勒，黑板上便出现了一个栩栩如生的小人。

葛老师上课也很风趣，经常课文讲着讲着，就会给他们讲故事，从某地的风土人情讲到历史典故，同学们插嘴也不生气。胡牧远很喜欢葛老师，但葛老师好像不怎么喜欢她。有时候会让她把头发梳梳，不要这么邋里邋遢，有时候经过她的课桌，会对她起毛边的书封啧一声。

胡牧远意识不到她是班上格格不入的存在。

她在镜子面前多照一秒都要挨骂，自然没有爱漂亮的概念。为了省时省钱，她的头发一长，就会被胡东成咔嚓咔嚓剪成参差的蘑菇，发质细软点倒还好，偏偏她的头发根根粗硬，永远不会柔软垂下，睡一觉起来总是爆炸状态，看着非常不清爽。

她的衣服也不多，无论哪个季度，总是三两件轮换。而班上别的女生，要么是乖巧的娃娃头，要么是精致的麻花辫，要么是神气的高马尾，身上的裙子和小皮鞋可以天天不重样。

小女生们在一块儿分享贴纸也好，跳花绳也好，去小卖部也好，从来没有人想过叫她。胡牧远也不觉得奇怪或失落，她挺能自得其乐，课余时间全拿来看书。三年级的图书角里，书又多又杂，寓言、神话、成语故事、中外名著，胡牧远来者不拒，书中有生字她也不在意，反正囫囵吞枣也能看明白。

家里的《故事会》和《知音》，胡牧远已经看过好几本，一个专门写全国各地的离奇怪事，一个专门写奇葩的情感纠葛。张茜发现她偷看后，每次去上班之前，会趁她不注意把书藏起来，越藏胡牧远越要找，看完再原封不动地放回去，页码、书的折角、放的角度，和她拿之前一点不差。

总在昏暗光线下看书的坏处是，胡牧远近视了，和妈妈张茜一样戴上了眼镜。

有时候看得入迷，胡牧远会忘记吃父母留在桌上的面条。等她想起要吃，面早坨成硬邦邦的一块，实在难以下咽，胡牧远就会走到二楼楼道尽头处，将面直接从窗口倒进垃圾堆。有天她刚倒完，人还站在窗边，胡东成就扛着自行车从楼梯处上来了。

两人之间隔了一段距离，胡东成推着自行车过来，问她："你在干什么？"

胡牧远吓得心跳都快了，她将碗背在身后，说："没干什么。"

胡东成没作声。

胡牧远走进房间，胡东成却没有进来，他在门口停好车，去窗边看了一眼，进屋时袖子已经撩起来了。

胡牧远挨完揍，坐在桌前写周记。

葛老师每周会布置一篇周记，这几乎是胡牧远最头疼的作业。她绞尽脑汁也憋不出几句话。

她揉着有些肿的脸咬笔尖，没提防爸爸又扇了一巴掌下来。

"什么坏习惯？多大人了还咬笔？"

胡牧远一声不吭地将被扇飞的笔捡回来，吸了吸鼻子，憋回生理性的泪水。

楼下传来刘子军和其他小伙伴的吆喝声，胡牧远听了听，知道他们在玩小马过河。她想了想，把整个游戏过程写了上去。先铺垫一下天气，再介绍怎样划分阵营，最后写游戏的详细玩法。这类需要力量的游戏，胡牧远和刘子卉从来都是被嫌弃的小角色，刘子军的处理非常公允，一队搭一个，谁也不吃亏。

写着写着，不知不觉写了三大页，胡牧远写累了，就草草收了尾。第二天交上去时，她有些忐忑，结果葛老师用红笔点评了一句：生动形象，趣味十足，不过我怀疑你是不是从哪儿抄的？

这是夸奖还是批评？胡牧远将评语连看了三遍，觉得这是在夸她。

于是此后每次周记，胡牧远都往上边写一个游戏。踢棒、扔瓶盖、轮盘大战、摸瞎、十三点，胡牧远把刘子军教她的游戏一一写了个遍。也不知道刘子军到底哪儿来那么多奇奇怪怪的游戏，还很讲义气，总愿意带着拖油瓶刘子卉和胡牧远一块儿玩。

又是一个寻常的周五，胡牧远洗完手回来，课代表刚发完周记本。

她的前桌章驰朝后坐着，正在看她桌上的周记本。

胡牧远快步走回座位："这是我的。"

"我知道。"章驰抬头，"可以让我看看吗？"

你不是已经在看了吗。

"可以。"胡牧远闷闷道，她不想显得自己很小气。

章驰将某一页推至她面前："这个为什么叫小马过河啊？"

"哪儿有小马？"章驰的同桌，王胤丞也回过头来。他手心里趴了一只蜗牛。

"就叫这个名字啊。"胡牧远的视线被蜗牛吸引，她问王胤丞，"这个是哪里来的？"

王胤丞："后面操场就有啊，翻开石头就能找到，你想玩吗？明天我带你一起去——哦，明天星期六，下个星期一带你去。"

胡牧远点了点蜗牛的触角，它缓慢蠕动，在王胤丞的掌心留下了一道湿痕。

章驰还在翻看她的周记。胡牧远看一眼蜗牛，看一眼周记本，又看一眼章驰。

他为什么还在看？他要看多久？

胡牧远正犹豫要不要问他，章驰看到某个地方忽然笑了起来。

"好笑吗？"王胤丞也凑过去看。

"别看了！"胡牧远恼羞成怒，一把将周记抢了回来。

"哎——"章驰扬声道，"我还没看完——"

"你自己不是有嘛。"胡牧远将本子塞进桌兜，嘀咕道，"没什么好看的。"

"很好看啊，"章驰说，"你写得很好玩。胡牧远，你家住在哪里啊，怎么这些游戏我都没玩过？我可以去你家那边玩游戏吗？"

王胤丞："我也要去！"

胡牧远："我家很远。"

章驰："很远是多远？"

胡牧远："就——'工人新村'，你知道吗？"

章驰想了想："不知道。"

胡牧远："我就说很远。真的很远。"

"哦。"

章驰没说什么，转头回了座位。

从这之后，章驰偶尔会找她说话，问她在看什么书，数学作业老师布置的是哪几题，英语老师说要抽的对话在第几页。

王胤丞则非常不见外地抄起了她的作业。他是班上最闹腾的男生，总要玩得满头大汗才肯进教室，还很喜欢抓各种各样的小虫子在午休的时候玩，每天值日的班干部都要在小本本上记一排他的名字。

章驰也挺闹的，他似乎一点也不怕老师，总会在语文课和科学课上问些天马行空的问题，有时上课还偷看漫画。但葛老师好像很喜欢章驰，三天两头用他的名字造句，就算抓到他违纪，也只是高高抬起轻轻放下。

有天上思品课，章驰又在课桌里看漫画，胡牧远扫了一眼，看见分成几格的黑白画面里，站了几个火山头和光头，所有人都露着胳膊，肌肉虬结。

这有什么好看的？

胡牧远兴致缺缺地跟着看了两页，又看了三页，也不知怎么的，眼睛再也没移开过。她耳边什么也听不见了，伸着脖子度过了整节课。直到下课铃响，胡牧远才从剧情里回神。

章驰一下课就将漫画拿上了桌面，胡牧远蹭不到，内心抓心挠肝了一会儿，戳了戳章驰的背。

章驰回头："怎么了？"

胡牧远艰难开口："能不能……能不能借给我看看？"她指着漫画。

章驰直接将课桌里看过的两本都给了她。

胡牧远如获至宝，摸了摸封面，小心翻开。

"章驰，你今晚要不要去我家吃饭？"

"哦哦——"王胤丞在一旁怪叫起来。

胡牧远抬头，原来是贺佳宁走了过来。贺佳宁是章驰的绯闻"女朋友"，全班都知道。两人经常一起上下学，经常在班上打打闹闹。

"你欠打——"贺佳宁在王胤丞背上拍了一掌。她接着和章驰说："我姑姑今晚上回来，肯定有礼物要给你。"

章驰："我要先回趟家。"

"打个电话不就行了。"贺佳宁坐在他身边，"对了，科技大赛你有没有想好要做什么？"

啊，科技大赛，胡牧远头疼起来，她苦思冥想好几天了，也不知道要做什么。

临了到截止日期，胡牧远从家里捡了一个塑料弯头，往里边放了一小片碎镜子，赶着人多手杂，无人注意，交了上去。

谁料章驰趁葛老师回办公室，把她的"作品"从讲台上拿了回来。

"哎——"胡牧远急了。

"让我看看。"章驰把塑料弯头拿在手里左左右右上上下下仔仔细细看了一遍，请教道，"你这个是什么？"

"弯弯镜。"胡牧远镇定道。

"可以做什么？"

"不能做什么。"胡牧远说，"就是——"她指着更短的那头接口，"你看，你从这看，不用低头，就能从镜子里看到地面。"

"哦——"章驰忍不住笑了。

胡牧远："你笑什么，快放回去！"

不用别人讲，胡牧远也知道自己的作品稍显简陋，尤其到了展览那天，夹杂在一大片金碧辉煌的手工房屋和轮船汽车中，更显磕碜。

结果万万没想到，胡牧远凭借着这么一个简朴的东西，收获了一张三等奖证书。

要知道他们班在这次比赛中一共才斩获了两张奖状。除了她，就是章驰的折叠望远镜。她玩过章驰的望远镜，做得非常漂亮精巧，以至于胡牧远在后面很长一段时间内，都觉得她那个奖，可能是评委登记错了名字，误发给她的。

科技大赛过后没多久，就是六一儿童节。六一是区一小最隆重最盛大的节日，也是胡牧远除了书香周外，最喜欢的一天。

六一的前一天，学校会组织一次大扫除。清扫完成后，每个班要搬十几张桌子出来，拼成一个巨大的柜台，为第二天上午的小庙会做准备。

柜台上售卖的东西，由班上同学自愿贡献，可以是家中用不上的旧物，可以是看过的漫画书，可以是玩腻了的玩具，也可以是从厨房拿的蔬菜瓜果。什么都不带也可以，毕竟总有人超额完成指标，从家里拖一麻袋东西来校。

如果柜台上摆不下，小商人们可以在学校任意角落或路边摆散摊。

等到第一道上课铃响，大家齐齐欢呼着，像出笼的鸟一般呼啦跑了出去。

柜台后站的售货员，开始是想留下来亲手售卖自己所带东西的同学，后来是逛累了想休息的同学，全程随意流动更换，多起来十几个，站都站不下，少的时候两三个，忙都忙不过来。

胆子大的同学一早就有模有样地吆喝上了。

"走一走瞧一瞧看一看了啊，限量版变形汽车便宜卖了啊，原价九百九十八，现在只要九块八了啊！"

"新鲜的桃子，早上刚摘的桃子啊，包甜包脆，五毛一个，只要五毛一个！"

胡牧远捏着捡瓶子攒的五块钱，犹豫了好一会儿，还是买了一个桃子。

她啃着桃子，慢悠悠地，在每一个摊位前都闲逛流连了一番。

越到后面，柜台上留下的物品越少，定价也越发潦草随性，同学们生怕卖不脱，一块钱搭三四样的事情时有发生。

胡牧远想买的一切东西，都因担心没有地方放，会被父母发现而放弃，最终只又花五毛钱买了一包薯片，怀揣着剩下的四元巨款回了教室。

小庙会结束，葛老师会将装了满满当当硬币的纸箱收走，并向大家保证，学校会将每个班的收益所得，统一捐献给慈善机构。

吃过中饭，睡过午觉，小学生们迎来了闯关游戏时间。

在四五年级的每个教室内，都会由班干部带领着，设置一个小游戏，有的是从水里夹弹珠，有的是当场下五子棋，还有的是蒙着眼睛画画，想玩什么就玩什么，只要过了关，就能得到一个小奖品。

没拿到奖品也没关系，到了放学时间，班主任会抱着好几个五彩斑斓的大箱子进来，挨个发放零食、糖果和漂亮的文具，人人都有大礼包。

胡牧远度过了无比快乐的一天。回到工人新村后，忍不住和刘子卉描述白天的盛景。

刘子卉越听越向往："啊！我也好想去你的学校读书啊！"

胡牧远："跟你妈妈说啊！"

"妈妈不会同意的。"刘子军在旁边说，"区一小的借读费那么贵。爸妈才舍不得嘞。"

刘子卉："也是，唉。"

见刘子卉有些低落，胡牧远想了想，说起了自己的惨事："也不知道我爸妈今天下班心情好不好。唉，好羡慕你们，想玩就能出去玩，不像我，只要爸爸妈妈在家就不能出门。"

刘子卉："你作业写完了为什么不能出去玩？"

胡牧远模仿妈妈的神态和语气："写完了可以预习啊，预习英语单词，预习生字词，预习数学例题，你找不到事情做啦？你读书还是我读书？"

刘子卉被她逗笑了，胡牧远接着说："反正在我家，小孩子最好只做两件事，写作业和做家务。你不知道，我每天吃完饭，都在心里默默祈祷，希望有大人来找我爸爸聊天，这样就没人注意我，我就可以偷偷溜出来玩啦。——虽然回去一定会挨骂。"

"那你真的好惨。"刘子卉同情道，"我们快看会儿电视。"

“不行。我得回去生火，明天他们上班了我再来。”

“好。”

傍晚时分，家家户户都在烹炒煎炸时，刘子卉兴奋地跑来胡牧远家，说她爸爸买了一只大乌龟，邀请她去看。

胡牧远看了一眼胡东成的脸色，胡东成没理她，胡牧远就赶紧跟着刘子卉跑了。

乌龟足有一本语文书那么大，养在塑料盆里，胡牧远和刘子卉一人蹲一边，分别用指关节敲了敲它厚重的龟壳。

刘爸爸路过时，玩笑似的说了一句：“小心别被它咬到了啊，它有毒的。”

胡牧远问：“乌龟吃什么啊？”

“吃草吃鱼吃虾咯。”

胡牧远看了它一会儿，悄悄从案板上拿了一点肉丁，想喂给它吃。她的大拇指才刚刚凑近，乌龟就飞快探头咬了一口，咬走了她手上的肉，也咬掉了她的一丁点大拇指肉。

胡牧远呆了，鲜血瞬间从伤口流了下来，她吓得不敢出声，飞快用另一只手紧紧圈住大拇指，想阻止毒素扩散。

刘子卉从床边回来，只看到胡牧远急匆匆离去的背影。

胡牧远站在窗边，静静地等待死亡的来临。

爸爸在盥洗间洗澡，妈妈翻飞着锅铲在炒菜，没有人发现她的伤情。她也不敢讲。只折了一张纸巾牢牢圈住伤口，止住鲜血，脑子里回想她短暂的一生。

然而她坚持到了吃晚饭，吃完饭，都没有任何异样，于是她开始怀疑被骗。

　　她问妈妈："妈妈，被乌龟咬了会中毒吗？"

　　胡东成看了一眼她的手："被咬了？活该。手孽。"

　　"我看看。"张茜把她的手拿过去看了看，"没事，长几天就好了。抽屉里有创可贴，你自己去换上。"

　　"哦。"胡牧远放下心来。

　　周一早上，胡牧远换了手上的创可贴才去上学。

　　她一路走着走着，总觉得有什么事情忘记了。

　　等快到校门口，遇到零星几个同学，她一摸脑袋，才想起自己忘了戴小黄帽。

　　校门口家家商铺都卖小黄帽，可胡牧远没有钱。她懊恼极了，停在梧桐树下，犹豫又徘徊，再往前走，被门口别了红杠的中队长看见，要记名字扣班级分。可站在这里，小黄帽也不会从天而降。幸好时间尚早，她还能拖延一阵。

　　"胡牧远，你站在这干吗？"

　　胡牧远回头，看见章驰走了过来。

　　她还没说话，章驰就猜出来了："哦，你没戴帽子。"

　　胡牧远："我忘记了。"

　　章驰拉着她的手："你跟我来。"

　　区一小的围墙绝大部分是砖墙，但左侧靠近主干道那块，有一小段是由铁杆围成的护栏。章驰把胡牧远带过去就松了手。

　　"你在这等我。"章驰说，"我先进去，从这把帽子给你，然后你再进来。"

"好。"胡牧远扒着栏杆往里望，"但是你怎么过来啊。"

墙内是飘满了落叶的草地，围住草地的，是一排密密匝匝的灌木丛。

"很容易的。"章驰小跑着离开。

没过多久，胡牧远听到一阵窸窸窣窣的动静，章驰蹭着灌木丛的缝隙钻了出来。

"这儿！"胡牧远怕引人注意，小幅度地朝他挥手。

章驰踏着层层叠叠的枯叶走向胡牧远，每一步都带着松脆的声响，在胡牧远听来简直犹如雷鸣，她以前一点不知道走路的动静能这么大，吓得她心都提到嗓子眼了。

还好有惊无险，万事太平，小黄帽在两人手上顺利地完成了交接。

"谢谢！"

胡牧远安然无恙地进了学校，对章驰十分感激。

她还帽子给他，章驰握住她的手腕："你手怎么了？"

"没什么。就破了一点皮。"

胡牧远不想说自己的蠢事。她拉着章驰的书包背带，帮他摘掉了挂在上面的树叶。

两人一块儿到教室，王胤丞在座位上叽叽喳喳："老一开飞机，老二扔炸弹……老九老十都滚蛋，你们俩要一起滚蛋——"

章驰："你才滚蛋，你今天怎么来这么早？"

"补作业啊。我姐带我去游乐园玩了两天，我作业一个字没动。"王胤丞眼巴巴地等着胡牧远的书包，"胡绵绵，胡绵绵，快把你作业给我！"

"我不叫胡绵绵。"

"你叫胡绵绵。"编创了这个外号的始作俑者章驰又开始胡说八道，"胡牧远，胡牧远，念起来就是胡绵绵。"

胡牧远："那是你拼音没学好。"

"哎，章驰，你暑假打算去哪玩？"王胤丞抄作业都停不下嘴。

"看我舅舅想去哪儿。"章驰问胡牧远，"你呢？"

"啊？"胡牧远说，"我就在家啊。"

暑假刚开始，张茜带着胡牧远去了一趟照相馆。胡牧远两年多没回邵城了，外婆打电话过来说想她，让张茜寄几张照片回去。

照相馆小小的，胡牧远抱着绿油油的塑料西瓜，站在碧海蓝天的背景布前拍了一张，又抱着南瓜，坐在雪白的"沙滩"上拍了一张。

到了晚上，胡牧远雷打不动，天天以捡瓶子为由，往篮球场跑。在七月中旬的时候，她终于又见到了谭一舟。

谭一舟站在三分线外有一搭没一搭地运球，一见胡牧远标志性的蓬蓬头就认出了她，他看着她笑："哎哟，长高了啊，妹妹。"

胡牧远没见到他时，一直想见他，真的见了，又不敢走近，左顾右盼地仿佛在找东西。

"去啊。"

谭一舟下巴一扬，示意胡牧远去守纸箱。

胡牧远跑过去，往地上一坐，就支着下巴看起球来。准确讲，是看谭一舟。谭一舟和去年夏天没什么两样，他皮肤很白，手长脚长，抢球和突围的动作都很快，跑起来像一阵凌厉的风。

中场休息时，谭一舟走到胡牧远旁边蹲下。

他问胡牧远："你天天这么捡，能卖多少钱啊？"

胡牧远："好几十呢。"

这么近的距离，她感觉他汗湿的几缕碎发都要刺进眼睛里了。

谭一舟笑了："这么多啊！那我白送你那么多瓶子，也没看你说请哥哥吃个雪糕什么的。"

胡牧远："你想吃什么？我给你买过来。"

"这么大方啊。"

胡牧远懂事道："应该的。"

"好，走！"谭一舟站起来，"今天非得好好敲你道竹杠。"

胡牧远跟在谭一舟后面，在他要拐进新村的小卖铺时拉住了他的衣角。

"换一家。"

"为什么？"

胡牧远压根不敢过多停留，越过谭一舟先往前走了："我怕碰见我爸爸。"

"你爸这么可怕？怎么，他还打人啊。"谭一舟原本只是开玩笑，见胡牧远不接话，他快走两步抓她的脑袋，"小屁孩，你今天怎么不叫哥哥？"

"一舟哥哥。"胡牧远清脆地叫了一声。

"哎，真乖。"

到了路口的小超市，谭一舟让胡牧远先挑，胡牧远说自己不吃。

谭一舟手一插："你不吃那我也不吃。"

胡牧远想了想，拿了一根小布丁。谭一舟左右看了看，直接拿了一小箱巧克力松脆雪糕。

胡牧远大受震撼，她扒着冰柜门，急得吞吞吐吐道："我……我……我……"

谭一舟乐了，他故意问她："你什么？"

胡牧远还没来得及说，谭一舟就已经付了钱。

胡牧远有些泄气。谭一舟推着她朝外走，嘴巴里不客气道："下次一定要请我啊。"

新学期开学，王胤丞一看见胡牧远就大呼小叫："你怎么这么黑！我都快认不出来了！"

胡牧远天天顶着大太阳在外面逛马路捡瓶子，不黑才奇怪。

她回他一句："黑怎么了，反正要白回来的。"

王胤丞："你也去海边玩了吗？"

胡牧远："啊？"

王胤丞回头叫章驰："章驰、章驰，你快来看，胡牧远跟你一样黑！"

"是吗？"

章驰三两步走过来，坐在胡牧远面前。他看了看胡牧远的脸，胡牧远也看了看他。

章驰的肤色确实肉眼可见的比之前黑了好几个度，他大概新剪了头发，整个人显得蓬勃又精神。

他抬起一只胳膊，和胡牧远放在桌上的手挨在一块儿比了比，淡定道："那还是我更胜一筹。"

王胤丞："什么仇？"

胡牧远忍俊不禁，和章驰对视一眼，两人都笑了起来。

王胤丞："你们笑什么？笑我吗？"

胡牧远正经脸："没有啊。快回座位，老师要来了。"

他们又换了新老师。数学老师兼班主任是一位姓姚的女老师，高高瘦瘦的，三十岁左右；语文老师姓王，比姚老师年长一些，看着非常知性温柔。

王老师的第一次作文课，胡牧远写着写着写长了，下课铃响，小组长都来收了，她还差一截没写完。课代表当然不会等她。胡牧远只好在又两节课结束后，自己跑到三楼办公室去交。

王老师有点意外，翻了翻她的作文。

胡牧远忐忑解释："我不是故意没交的，是收的时候我还没写完。"

"没事。"王老师眉眼弯弯，笑着让她回教室。

第二天上课，王老师特意在课堂上表扬了胡牧远，夸她认真，态度端正，还让胡牧远站在讲台上，把自己的作文读给大家听。

班上同学鸦雀无声，所有人都在看着她。胡牧远第一次被这么多道目光注视，拿着作文的手禁不住发抖。

她深吸一口气，磕磕绊绊地读了起来。

她写的是工人新村一条叫麻花的小狗，麻花的左后脚有点瘸，虽然是条流浪狗，却非常乖巧温顺，跟所有人都很亲近。

胡牧远的文字里，记了麻花的很多个可爱瞬间，它贪吃的时候怎样撒娇，捡木棒的时候怎样努力——虽然看起来非常笨拙。胡牧远越读越顺，自己都忍不住微笑起来，仿佛那些画面就在眼前。

读完之后，王老师带头鼓掌，夸她词汇量大，成语用得恰当精准，让大家多向她学习。

胡牧远晕乎乎地坐在座位上，感觉像飘在云朵上。

从此作文课成了胡牧远最喜欢的课，她的作文也成了评讲课上的必读范文。

王老师显然很喜欢她，三五不时就要夸一夸她，从来不吝称赞之词，这让她在班上的存在感陡升，也带来了潜移默化的改变。

慢慢地，开始有女同学主动找她说话，和她聊最近新出的流行歌和偶像剧，有女同学主动将新买的书借给她看，还有同学主动邀请她去自己家里玩。

当然，胡牧远是不能去的，她放学必须准时到家，把煤火生好。

被夸得多了，胡牧远忍不住在家和妈妈卖乖。她从来不主动和爸爸说话，但内心也期望在一旁的爸爸能够听见。

虽然她心里清楚知道，爸爸也好，妈妈也好，除了一句"不要骄傲"之外，什么都不会夸她。

没关系，胡牧远想，她不再是一年级的小学生，没有那么脆弱了。

大概日子过得太顺心，胡牧远得意忘形，竟然铤而走险，将同学借她的漫画带回了家。

她在学校没有看完，又迫切想知道下文，就在生完火后，将漫画夹在数学书里，争分夺秒地看了起来。

她看得太入迷了，以至于没有听见胡东成上楼的动静。很多时候，胡东成为了看胡牧远在干什么，会故意将脚步声和推自行车声放得轻轻的，胡牧远身经百战，熟能生巧，总能从楼下的一片叮铃声中精准分辨出哪一道出自胡东成，继而把腰杆坐得直直的，书本练习册放得齐齐的。

但这天不知道怎么回事，最应警惕的时刻，她反而松懈了。

等她回过神来，漫画已经被胡东成抽走。

她慌得差点跳了起来，下一秒，她看见胡东成左右手各捏住一边——

"不要！爸爸，这是——"胡牧远急了。

胡东成没有理她。他用力将书扯成了两半，拿着更厚的那半本往她脸上打："你出息了啊胡牧远？还会看漫画了！"

他一边打一边撕，胡牧远哽咽着徒劳道："不要撕——这是同学借我的，不是我的，要还——"

胡东成："我花这么多钱供你读书，就是让你在学校看漫画的？你读什么鬼书？还还？你还啊，你就拿这些去还。"他踢了踢地上的碎片。

胡牧远错愕地看着地上狼藉的彩色碎片，整个人陷入了巨大的恐慌。她不敢想明天上学，要怎样和一片好意的同学交代。

胡东成："以后你随便借，我看见一本撕一本。我看谁还借给你。"

他撕完了漫画还不解气，抓着胡牧远的书包底部往下一倒，将里边的东西丁零当啷全倒在桌上。

"我倒要看看你一天天地往书包里装了什么。"

他翻了一阵，没找到什么不该出现的东西，又一掌拍在胡牧远头上。

"痴呆了？去把地扫了！"

胡牧远握着拳，仿佛被巨大的委屈淹没。她沉默着扫完地，当天晚上不肯吃饭。

没有人哄她，胡东成觉得很好笑，他和张茜说："别管她，惯得她，不吃别吃，反正饿的是她自己。饿狠了自然知道来吃。"

胡牧远倔劲上来，写完作业就上床睡觉，不和父母说一句话。

第二天早上，张茜推她起来："包子钱在桌子上。我上班去了。"

胡牧远不应声。

她背着书包慢慢走到学校门口，却没有勇气进去。

恰巧一个同班同学从远处迎面走来，胡牧远也不知道忽然哪来的胆子，把书包往树干后一放，直接让同学替自己向班主任请一天假。

同学不疑有他，点点头就进了校门。

胡牧远怕遇见熟人，没有从常走的大道回家。她也不能冒风险回家。

书包又重又引人注意，胡牧远将它藏在了某片草丛里。

她两手空空、漫无目的地在街上乱走，走累了就坐在路边发呆。

她满脑子都是那本漫画。

懊丧、自责、焦虑，重重情绪糅杂，胡牧远鼻子一酸，眼泪情不自禁地流了下来，她没想哭的，她也不觉得自己在哭，她只是控制不住泪水。

一辆银色的自行车从她面前驶过，又退了回来。

"这是哪儿来的小可怜——"

谭一舟在胡牧远面前蹲下。

"在这哭得这么伤心。"

胡牧远双手捂住脸，手忙脚乱地擦眼泪。

谭一舟往她手中塞了两张纸巾。

"慢点擦。"

胡牧远憋了会儿气，止住残留的泪意，没事人般看向谭一舟。她不想在他面前丢脸。

谭一舟："这都几点了，你怎么没去读书？"

胡牧远："我不去。"

"逃学啊？"

胡牧远不说话。

谭一舟故意道："你是不是欠作业，作业写不完不敢去学校啊？"

胡牧远："我没有！"

"那怎么了？"谭一舟揉她的脑袋，"谁欺负你了，跟哥哥说说。"

胡牧远眼眶一红，差点又要落下泪来。

她偏过头，闷闷道："没什么，就是不想去。"

谭一舟："不想去也不能在这待着啊，你不怕坏人把你拐走？"

胡牧远："我不怕，这儿人这么多。"

"天真。"谭一舟摇了摇头，拿手机出来，"你父母电话多少？"

胡牧远立刻起身，掉头就走。

"哎——"谭一舟追上去，无奈道，"好了好了，我不打了，你先别跑。"

他看了眼时间："这样吧，你不是爱看书吗，我带你去个好地方。"

谭一舟将胡牧远带去了区图书馆。

"你怎么这个点来了？"

一个穿蓝色卫衣的男生走了过来，下巴点了点胡牧远："这谁？"

"妹妹。我把她放这看一天书，你多看着点。"谭一舟拍了拍他的肩，"走了。"

胡牧远拉他衣角："你去哪？"

"回学校上课啊。"谭一舟捏胡牧远的脸，"你以为像你们小学生这么好玩。"

他往胡牧远手上塞了十块钱："你就乖乖在这待着，别乱跑，中午记得买东西吃。"

这么大一笔巨款，胡牧远不肯接："我不要。"

谭一舟："就当我借你的，你卖了瓶子再还我。"

胡牧远想到她没有着落的漫画还得赔给人家，就收下了。她暗下决心要快点还钱，就问谭一舟："你什么时候再回来？"

"说不准，再说吧，走了啊，要迟到了。"

胡牧远再次见到谭一舟，是在一个深冬的早晨。

她走着走着，小黄帽突然被人给摘了。

她一瞬间还以为是风，赶紧捂脑袋，结果抬头看见谭一舟的背影。

他哈哈笑着，拎着她的帽子猛踩车轮，一会儿工夫就将她甩了老远。

胡牧远铆足了劲儿，发力狂奔。谭一舟又骑回来，围着她绕圈。胡牧远怎么都抢不回自己的帽子，还要被谭一舟笑话。

"小短腿，我可听我朋友说了啊，你老逃学可不是个事。"

"我没有！"胡牧远说，"我只去了四次。"

"四次还不多？"谭一舟夸张道，"你这四次可就是四天。我一学期逃的课加起来还没你一天多。"

胡牧远："你为什么要逃课？"

谭一舟："那你为什么要逃学？"

胡牧远："我想去看书。"

谭一舟："看书可以周末去啊，听见没有？以后不许上课期间去了。"

"哦。"胡牧远从书包侧面口袋掏出心心念念的十块钱，往前一送，"一舟哥哥，还给你。"

谭一舟愣了愣，笑了起来，他说："不用还了，当哥哥请你。"

胡牧远："不行。一定要还。"

谭一舟："我不要。"

"那我也不要。"胡牧远态度坚决，把钱往地上一扔。

谭一舟又笑了，他单脚支在地上，笑得整辆自行车都晃了起来。

"那好吧。"他朝胡牧远伸手，"给我吧。"

胡牧远将钱放进他手心，正要拿自己的小黄帽，谭一舟手一抬，将帽子扣在了她头上。

他因为坐着，没比她高太多，胡牧远就站在他岔开的两条长腿之间，任由他帮自己调整帽子的方向。

胡牧远的目光从谭一舟疏朗的眉目，移到英挺的鼻梁，她第一次发现一舟哥哥长得这么好看，胜过电视上所有的男明星。

谭一舟的双手忽然捂上她的耳朵："你耳朵怎么这么冰？"

胡牧远："那还不是怪你抢了我的帽子。"

谭一舟没好气地用力搓了搓，往她背上一拍："去上学！"

胡东成和张茜最近在商量年底回不回邵城过年。胡东成的意思是得看拖欠的工资要不要得到。

胡牧远几年没回去，是有点想回去的，就小心翼翼地问了一句："那这次要还是要不到呢？"

胡东成脸色难看，喝了一句："大人的事你少插嘴！"

第二天下午，胡牧远正围着妈妈说学校里的事，胡东成进门之后，随手抄了个梳子，劈头盖脸便往胡牧远头上打。

张茜被吓了一跳，"你发什么神经？"

"谁让她乌鸦嘴？"胡东成语气很差，"老板今年又说没钱发。这孙子！"

胡牧远惊魂未定地坐回书桌前。她觉得自己有这么个阴晴不定的爸爸，真的很倒霉。

但胡牧远一家还是挤着水泄不通的火车回了老家。胡牧远照旧晕车晕得面如菜色，在家缓了一天才活跃起来。

奶奶家小孩成堆，电视从早开到晚，大人们进进出出，一个比一个忙碌，早早写完寒假作业的胡牧远每天跟着哥哥姐姐疯玩，过了几天无拘无束的快活日子。

胡东成没工夫管她，也可能当着一大家子的面，他不好像私底下那样随意地对待她，严苛地管教她。胡牧远早就发现了，爸爸胡东成对世界上所有除她之外的小孩子，都轻言细语，和颜悦色，温柔有加。就像她第一次见他那样。

所以大家都很喜欢他，会主动跟他玩笑，和他撒娇。只有胡牧远见他像老鼠见了猫，隔老远便想尽办法躲开。

她的妹妹胡牧馨，弟弟胡牧惟已经五岁了，每天穿得像两个福娃，摇头晃脑地跟在她后面跑，看着非常可爱。

最后要走的那天，胡牧远一家凌晨四点就起来了。他们怕弟弟妹妹会哭，想趁两人熟睡时离开。但收拾行李的动静太大了。爷爷奶奶心意恳切，总想尽可能多地往他们的行囊中塞加晒制的腊肉和干菜，这也要他们顺手带上，那也要他们顺手带上，可是胡东成和张茜加起来只有两双手，胡牧远能拿的东西也有限。

推拒取舍之间，胡牧馨和胡牧惟都被吵醒了，两人哭闹着要下床，奶奶怎么哄也哄不住，只好给他们穿上衣服。

冬日凛冽的寒风里，一大家子站在乌漆墨黑的马路边，送胡牧远一家上中巴车。

弟弟妹妹一人抱住妈妈一条腿，撕心裂肺地哭号，说要跟妈妈一起去，说妈妈为什么不要他们。

张茜抹着眼泪让人把他俩抱走，头都不敢回地上了车。

六月的某一天，王胤丞兴致勃勃地跑进教室，说他在后操场的某个灌木丛后面发现了一株西瓜苗，上面结了两个小西瓜，已经有拳头那么大了。

大家有的表示惊奇，有的表示不信，一呼啦全跑去看。

胡牧远站在玉兰树下，正不紧不慢地捡拾落在草地上的花瓣，广玉兰一片花瓣比她摊开的手掌还大，洁白硬挺，拿在手里清香扑鼻。胡牧远每年都捡，捡出一堆后像搭鸟巢一样将花瓣填在草坑里，乐此不疲。

一大群同班同学叽叽喳喳地跑过，胡牧远不明所以，以为发生了什么大事。她看章驰走在后面，正打算问他，章驰也跑了起来，还拉着她的手一起跑。

"去干吗？"胡牧远问。

"看西瓜。"章驰说。

西瓜有什么好看的，胡牧远一头雾水。

但显然他们班同学都觉得非常新奇好看，大家争先恐后地围着西瓜苗，啧啧称奇，流连忘返，仿佛在看什么世无二出的奇珍异宝。

操场上玩耍的其他同学也被吸引过来，小角落里开启了一轮又一轮的惊叹："哇，西瓜，真的是西瓜！"

胡牧远有点哭笑不得，她跟章驰说："才一株西瓜苗，大家就这么兴奋了，要是带他们去我爷爷的瓜田，那还不得欣喜若狂啊。"

章驰问："你爷爷家有瓜田啊，很大吗？"

胡牧远："非常大，好几亩田呢。跟你讲，可好笑了，我爷爷怕晚上有人来偷西瓜，还在田里搭了个棚子守着嘞，有时候我也在那儿睡。"

章驰："那有人来偷西瓜吗？"

"有啊。"胡牧远零星想起几件她和爷爷守西瓜的事，"有一天晚上，其实我也不知道到底有几个小偷，但他们偷了好多西瓜哦，都快把瓜田给搬空了，结果我和爷爷都睡得太沉了，一点不知道，第二天醒来一看——我的天，"胡牧远现在还能想起爷爷当时懊恼拍大腿，喊着"不得了"的样子，"有一片田里面，瓜藤被踩得乱七八糟，大点的西瓜一个都不见了。"

"后来抓到小偷了吗？"

"没有。抓不到的。只好不了了之啦。"那么多西瓜不翼而飞，爷爷被奶奶碎碎叨叨，碎碎叨叨了起码半年。"不过还好，西瓜隔一段时间又长大了。"

胡牧远和章驰一路叽里呱啦，呜里哇啦，从瓜田疑云说到爷爷夜里老讲的几个经典鬼故事。

到教室时，胡牧远两姐妹和水鬼的故事才讲了一半，章驰让她别走，坐旁边接着讲完。

胡牧远拒绝了，"不行，我数学题还没写完。下次再说。"

一切只怪她和章驰的座位隔得太远了。也不知道什么时候，章驰神不知鬼不觉长了个，坐去了后三排。而胡牧远身高涨幅缓慢，雷打不动，稳稳扎根前三排。还好王胤丞依旧是个小胖子，咋咋呼呼地坐在胡牧远周边。

夜里，胡牧远梦到了邵城乡下呼号的风。

她端着盛满了饭菜的海碗，打着手电筒，去给瓜棚里的爷爷送饭。

除了电光照出的小半个圆，四周皆是一片无穷无尽的黑暗，胡牧远走啊走，走啊走，走到腿都发抖了，还没找到拐去田野的岔路口。

她筋疲力尽地醒来，整个人头重脚轻，口舌发干。

她捶着脑袋，跟妈妈说了一句头疼。

张茜摸了一下胡牧远的额头，立马让她起来。

"发烧了，快，带你去看医生。"

常去的小诊所没有开门。太早了，整条街的铺面都没有开门。胡牧远和妈妈一块儿坐在诊所外的石凳上，在清晨一阵又一阵的风里不断地咳嗽。

张茜听得心焦，她时不时地摸一摸胡牧远，只觉得她身上越来越烫，不知道烧到多少度了，她心里急得要死，却什么都做不了，只能带着女儿在这里干等。

胡牧远有气无力地靠在妈妈肩头："妈妈，还要等多久啊。"

"不知道。"张茜一出声，就忍不住别开了头。

胡牧远起身看她："妈妈，你哭啦？你别哭，我还好。"

"你这个人从小就是这样！"张茜收紧揽住她的手臂，又恨又心疼地埋怨道，"动不动就生病，一病起来就高烧，急死人，一年总要被你吓几次。"

胡牧远没有说话，也没有哭，她的身体难受到了极点，心里却奇怪地感到满足，她想，至少在这个时刻，她可以清楚知道，妈妈是爱她的。与这爱比起来，生病的苦不算什么，她甚至希望多生几次。

断断续续病了一个星期，胡牧远才彻底退烧。身体重新恢复活力后，胡牧远注意到自己的头发长长了。她希望胡东成没有发现，但这显然是痴心妄想。

四年级的暑假，胡牧远终于知道难为情，不再拖着个蛇皮袋，像乞丐一样在马路边捡破烂。

她现在是谭一舟的专属小跟班。

谭一舟暑期只有两周假，很少再在晚上和朋友打大球赛，通常只早上一个人来打会儿就回去了。

胡牧远知道后，也大清早跑过来，在旁边给他扇风送水，捡球捧场，殷勤备至。

谭一舟运着球朝胡牧远招手："过来。"

胡牧远屁颠屁颠跑过去："干什么？"

"教你打球。"

胡牧远对篮球没有兴趣，但在谭一舟的一对一教学和鼓励下，还是踮着脚，用力扔出了"人生第一投"。可惜她的力气太小，篮球还没挨到篮筐的边就砸了下来，她生怕打到自己，一边"啊啊啊"，一边跳着脚抱头鼠窜。

谭一舟被她逗得哈哈大笑，胡牧远恼羞成怒，一脚将球踢了出去。

"踢得好！"谭一舟笑着去捡球，"胡牧远，看来你比较有踢足球的天赋。"

胡牧远没应声，谭一舟一回头，见她正眼泪汪汪地抱着脚坐在地上。

"怎么了？"他三两步跑回去。

胡牧远表情痛苦，艰难道："小脚趾劈叉了，好疼啊。"

她的小脚趾从前也发生过类似惨剧，但没有这次严重。她刚刚那下踢得太重了，劲也用得寸，生生把小趾角落里的一小瓣趾甲给顶翻了，现在就只剩一点根还连在甲窝，鲜血从伤处缓缓流下，覆盖了小脚趾侧面的皮肤，滴进了拖鞋里。

"这么惨烈。"谭一舟扶她起来，"能走吗？带你去处理一下。"

胡牧远单脚站着，另一只脚压根不敢用力。

她问："远吗？"

"不远。"

谭一舟将"残障人士"胡牧远背去了爷爷在河边的院子。

胡牧远坐在木椅上，右脚悬空在红砖围成的洗脚池边，谭一舟蹲着，握着胡牧远的脚踝看了一会儿。

"我自己来。"胡牧远有点不好意思。

"你知道要干什么吗，就自己来，坐好，别动。"

谭一舟用碘伏给她清洗消毒完伤口，将她的脚放在了小板凳上。他找了把细长的小剪刀出来，捏着胡牧远的小脚趾，要剪去她藕断丝连的趾甲。

　　"哎哟哎哟，别碰它别碰它。"胡牧远疼麻了，告饶道，"先别碰它好不好，等回去了我自己剪。"

　　"忍一忍。"谭一舟不为所动，"开玩笑，未来的医科圣手亲自给你处理这种小伤口，你还有挑三拣四的份儿吗？啊？胡牧远，你得配合，听到没有？"

　　"哦。"

　　胡牧远咬牙皱眉，紧紧盯着他手上的动作，结果好像没有想象中那样疼，一下子就结束了。谭一舟还给她包了一小圈纱布。

　　"你这是复趾，以后长了就得记着剪掉，免得又撞到哪儿。"谭一舟叮嘱她，"记住没？"

　　"记住了。"胡牧远乖巧道。

　　"还疼吗？"

　　胡牧远感受了下："还好，不碰就不怎么疼。"她站起来，走了两步，"你看，没事了。"

　　"行。"谭一舟提着医药箱起身，摸了摸她的脑袋，"很坚强嘛，胡牧远。"

　　"那是。"胡牧远本来就不是多娇气的小孩。

　　她试探着问他："一舟哥哥，我可不可以等会儿再回去啊？"

　　"当然可以啊。"谭一舟笑了，"进屋坐吧，外面太晒了。"

　　胡牧远坐在沙发上，喝着谭一舟给她倒的冰可乐，好奇地四处看了看。

谭一舟路过时，给她扔了个遥控器："你要是无聊就自己看电视。茶几下面有零食。"

"好。"胡牧远见他要走，赶紧问了一句，"那你在干什么？"

"看文献。"

胡牧远一脸茫然，谭一舟耸耸肩："很枯燥的，你长大就懂了。"

谭一舟走后，胡牧远没开电视，她一张一张地，看起了墙上挂的照片。

里边很多张合影都有谭一舟，记载了他从一个小男孩长大的轨迹。各个时期的他都很上相，哪怕对着镜头张牙舞爪地搞怪，拍出来也是好看的。

最接近现在的，是一张和爷爷的合影。谭一舟揽着爷爷的肩，站在棠城大学医学部的石雕前，两人都微微笑着，看起来有几分相似。

胡牧远怕打扰谭一舟，没有和他说，她把杯子洗干净放在桌上，便轻手轻脚地离开了。

恰巧谭一舟出来喝水，瞧见她猫一样轻的开门动作，觉得可爱又好笑，他说："你要不要拿作业来这写？"

"好啊！"胡牧远点头如捣蒜。

八月上旬的某天下午，胡牧远正写着作业，忽然听见外面一道耳熟的声音，在叫她的名字。

她跑到窗边往下看，竟然看见章驰。

他跨骑着自行车，立在平地中央，因为不确定她的方位，便对着楼一气乱喊。

胡牧远十分震惊，喊了一声："章驰！"

章驰立马看了过来，朝她挥了挥手。

"等我一下！"胡牧远转身往楼下跑。

"你怎么来了？"胡牧远气喘吁吁地跑到章驰面前，意外得眉毛都飞起来了，"不是，章驰，你怎么找过来的？你怎么知道我家在这儿？"

"你自己说的啊，工人新村。挺好找的。"章驰拨动车铃，状似无意地看了看胡牧远的左脸。

胡牧远想起来了，她难以置信地看着章驰："你——你不会是来玩游戏的吧？"

去年年底，刘子军和刘子卉跟着父母回老家之后，没有再来棠城。这样的事在工人新村时有发生。没有人觉得留在这打工是长久之计，常常是不知道哪个时刻，什么契机，就有一家人带着行李永远离开了。

胡牧远家算在新村住得比较久的一拨人，几年来不知道见证了多少人的来来去去。

有时候早上出门，旁边住的还是一家湖北人，下午回来，传过来的就成了四川话。

现在会在墙根玩踢棒游戏的，也早换了一帮新的小孩，大概嫌天热，正聚在谁家看电视吹风扇。胡牧远和他们不是很熟，她长大了，没有小时候那么好动，对玩了几年的游戏已经可有可无。

章驰如果要玩的话，可真是难为她了。

"不是。"章驰说，"我就是来找你。"

"哦。"胡牧远松一口气，"那你要上去吗？我家在二楼。就是上去的话要把自行车也扛上去，有点麻烦。"

"为什么？"

"怕有小偷，把你的车子推走就惨了。"

"不会吧。这儿一个人都没有。"

"那可不一定。"

"没事，就放这吧。"章驰把车靠边停好，"走吧。"

胡牧远劝说不成，只好带着章驰上了楼。

她第一次招待来家的同学，有点生涩笨拙。

她家实在没什么吃的，也没什么玩的，连活动空间都有限。巧妇难为无米之炊。胡牧远只能请章驰坐在塑料椅上，给他倒了杯白开水。

她收了收桌上的作业，站在窗边，每隔几秒钟，就忍不住要探头出去，检查章驰的自行车还在不在。她实在不放心。

章驰觉得胡牧远忧心的样子很好玩，他也想站在窗边，但胡牧远家的窗边只能站一个人。

他来找她之前，一点没想到她的家里这么满这么乱，没想到有人可以在这么小的房间里塞这么多东西，他看两张双人床上的杂物都快堆到天花板了。

两人大眼对小眼对了一会儿，章驰问她："去不去我家看漫画？"

胡牧远想了想，还是说："不去了。"

"你不想去吗？"

胡牧远当然想啊。她和章驰的座位隔了"天堑"之后，很少再去找他借书。或者说，从漫画被撕那次开始，胡牧远就基本不在班上借书了。图书角和图书馆的漫画又少之又少，胡牧远很久没看了。

"去吧。"章驰将杯子像球一样转着玩，"我家有一面墙的漫画。《七龙珠》《哆啦A梦》《柯南》《棋魂》，应有尽有。"

这诱惑太大了。胡牧远内心挣扎了一会儿，问他："你家远不远？"

"骑单车二十分钟吧。"

"那走路呢？"胡牧远得算上她回来的时间。

"三四十分钟吧。你会骑自行车吗？"

"会啊。"胡牧远被张茜带去工厂的那段时间，自己溜着溜着就学会了。"但是我没有自行车。"

"我家还有一辆小一点的，可以借给你。"

"啊？"还有这种好事，胡牧远怀疑自己听错。

"我一个人在家实在太无聊了。"章驰叹了口气。

胡牧远看出来了，要不是真的是无聊到了一定程度，章驰怎么会这么大老远来找她玩。

她问他："几点了？"

"快两点。"

胡牧远默默计算，如果两点半到章驰家，五点之前赶回自己家，就有少则一个半，多则两个小时的看漫画时间。

"走吧。"她当机立断地拿钥匙，"我们去你家吧，快一点。"

章驰的自行车没有后座，他让胡牧远坐在车的前杠上。

胡牧远不敢："我还是走路吧。"

"怕什么。我连王胤丞都带过。"

"真的啊？"

"嗯。而且从这过去很多都是下坡，应该挺轻松的。"章驰拍了拍横杆，"上来吧。先试一试。"

"那好吧。"

胡牧远手脚并用地爬上去，侧坐在前杠上。章驰将她无处安放的手按在把手中间："扶这儿。"

"好。"胡牧远不放心道，"你骑慢一点。"

"嗯。你扶稳，别乱动啊。"

胡牧远缩着腿，弯着腰，紧绷着神经，保持一个姿势，不敢乱动一下。她觉得这比走路还累。

但章驰骑车其实挺稳，下坡一路都控着速，平路避车也很迅捷。

就是太热了。盛夏的中午，两人顶着大太阳赶路，滋味着实不怎么好受。

章驰家离区一小只隔了两条街道，从街口进去，是一条有点坡度的柏油路，路边清一色是围了红墙的独栋。

　　胡牧远感觉章驰的呼吸声越来越重，踏板踩得越来越吃力，有点过意不去，她问："是不是很累？要不我下来走路吧，过了这个坡再说。"

　　"快到了。"章驰说，"你往前看，屋顶尖尖的那栋就是。"

　　"这么近走过去就是了。"胡牧远抓着章驰围在她身侧的小臂要下车，结果抓了一手汗，"哇，你流了好多汗，我说真的，让我下去吧。"

　　章驰将车停下，胡牧远跳下去。他也不骑了，推着车和胡牧远一块儿往阴影里走。

　　"我来我来。"胡牧远非要帮章驰推车，"你擦擦汗，辛苦了辛苦了，我太重了。"

　　章驰整个人被晒得热气腾腾，从脸到脖子到处都汗津津的。他抬手在额角随意擦了擦："你不重啊，上次我带王胤丞，还没骑十米就把他扔下去了，你不知道，他起码比你重两倍，坐上来就像压了一座山。"

　　"哦，原来你根本就没带他走多远，你骗我。"

　　"我没有。"章驰笑了，"我只说带过，又没说多远，这不算骗你。再说了，胡牧远，难道我带得不好吗？"

　　"好！"胡牧远捧场道，"要不是我的手没空，都要给你竖大拇指了。"

　　章驰家门前有一面电动卷闸门，还有一扇装了指纹锁的木门。

"你下次来，就按这儿的门铃。"章驰将左上方的小按钮指给胡牧远。

"哦。"

胡牧远跟在章驰身后，走过铺了鹅卵石、绿树成荫的Z形小道。

"你家好大啊。"

"这边的房子都很大。"章驰带着她从门廊进去，"一楼是阿姨住的，我们去楼上。"

木质楼阶到二楼平台便戛然而止了，楼道两边各有一扇谷仓门，往外是延伸的露台。

"我爸妈住那边，我住这边。"章驰将门移开，让胡牧远先进去，"他们白天一般不在家，在家也不怎么来我这儿。"

二楼到三楼是复式结构。从小楼梯上去，有一个超大的房间。与门相对的墙带窗，窗前摆了一张长长的电脑桌，桌上放了一台薄薄的电脑显示屏。左右两面墙，一面墙做了书柜，整整齐齐摆满了漫画；一面墙做了展示柜，每个小格子里都立了或大或小的精美模型；胡牧远大开眼界，叹为观止，目光一会儿定在五彩斑斓的书柜上，一会儿定在琳琅满目的展示柜里。她切身体会了什么叫目不暇接。

章驰打开门边的小冰箱，让胡牧远选饮料或雪糕。

胡牧远又一次震撼了，这和小卖铺有什么区别！

"我不吃。"她假客气。

"吃吧。"章驰劝她，"我一个人反正吃不完。"

胡牧远就拿了一瓶橘子水。她发自内心地感叹："章驰，世界上为什么会有你这么幸福的小孩子？我敢肯定，你一定是世界上最幸福的小孩。"

章驰："为什么？"

胡牧远："你天天在这样的房间里待着，还不开心吗？"

章驰："你现在也在这儿啊，你开心吗？"

"开心啊！"胡牧远嘴角快咧到耳根，"这简直是我梦中的房间！"

"那很好啊。"章驰也笑了，他盘腿坐在地上，手向后撑着看她，"你去选漫画啊。"

"好嘞。"

这次过后，胡牧远抵御不了诱惑，三天两头往章驰家跑。她当然不敢也不能把章驰的自行车骑回家，每次都早早地跑步过去，又早早地跑步回来。

为了能多待几个小时，胡牧远会很有先见之明地用饭盒把中饭带去章驰家。

章驰的父母果然如他所言，白天基本不在家。

楼下住的蔡阿姨，每到十一点，会上来问章驰中午想吃什么。胡牧远在的时候，章驰会邀请胡牧远一块儿吃。但胡牧远很坚决地拒绝了，她想来别人家看书还说得过去，连吃带喝的，就不太好了。虽然她喝了不少。章驰一定要她喝。他说冰箱里的东西隔一段时间就会换新的，喝不完反正也是扔掉。胡牧远只能厚着脸皮拿了。

两人在三楼待着，胡牧远通常只看漫画，她对玩具和电脑兴趣都不大。地上铺了地毯，放了懒人沙发，胡牧远就拿着书在地上滚来滚去。

章驰有时候和她肩并肩趴地上看漫画，有时候在一旁拆新的乐高，有时候叮叮咚咚地玩电脑游戏，还有的时候，会拿着本子在一旁照着漫画画画。

胡牧远总会被画画的他吸引，她觉得他画得很像，火山头栩栩如生，就问他："章驰，你学过画画吗？"

"没有啊。就自己瞎画。"章驰把笔给她，"你试试。"

胡牧远嘴上说着"我不行"，手却一副跃跃欲试的样子，将笔接了过来，她顺着章驰勾勒的脖颈线条往下画，不出意料地在纸上杵下了两根无比生硬的曲线。

"完了。"她开始找橡皮，"画毁了。"

"嘟嘟嘟——"

桌上的电脑忽然响起视频提示音。

章驰起身坐到电脑前，点击接通："喂，舅舅。"

胡牧远出于好奇，跟过去看了一眼，竟然看见屏幕上出现一个年轻男人。

柯宇鸣也看见了她，他直接问章驰："你后面那个爆炸头是谁？"

胡牧远大吃一惊，"嗯？他看得到我吗？"

"看得到。"章驰将右下角的小框放大，方框里赫然出现两个凑在一块儿的脑袋。

哇！胡牧远瞪大眼。

"这个是摄像头。"章驰指了指显示器旁的小圆球。又和柯宇鸣说，"这是我同学。"

胡牧远默默闪避去了角落。

......

　　视频挂断，胡牧远又站回章驰身后，她一脸新奇地看着电脑桌面："好高级啊，还可以打视频电话。"

　　"有网络就可以。"

　　"在哪都可以吗？在不同的省也可以吗？"

　　章驰很想笑，但忍住了，他说："当然啊，不同的国家都可以。像刚才，我舅舅在美国，我在这，也一下就接通了。"

　　"美国！你舅舅为什么在美国？"

　　"出差。他马上就回国了。"

　　"你舅舅是做什么的啊？"

　　"律师，大忙人。"

　　"真好。"胡牧远又一次羡慕了，"他还特意问你要什么礼物。"

　　章驰："你有QQ号吗？"

　　"什么？"

　　"我帮你申请一个吧。"章驰打开QQ的登录页面，很快便申请到了一个新账号。

　　"你想叫什么名字？"他问胡牧远。

　　"我不知道。"胡牧远根本不懂。

　　"那就叫'胡绵绵'。"

　　"我不。"

　　章驰无视胡牧远的反对，嗒嗒嗒将三个字输了进去。

　　"密码呢？"

　　"你的密码是什么？"

　　"那你跟我一样吧。名字加生日，你生日是多少？"

......

胡牧远莫名其妙多了一个QQ号，好友列表里只有一个叫"飞驰"的章驰。

章驰抄了张小纸条给她，让她把自己的QQ号背下来，胡牧远口头答应，转头就忘去了爪哇国。她没有任何可以登录的设备，背着毫无用武之地。

离开学大概还剩一周时，夏浩然到章驰家来找他玩。

他对章驰家轻车熟路，进了门直奔三楼。

三楼门开着，章驰坐在电脑桌前，地上还躺了一个人，身上盖了薄毯，露出的脑袋乱蓬蓬的。

胡牧远看书看着看着睡着了。

夏浩然疑惑道："这谁？"

"同学。你声音轻点。"

"男的还是女的？"

"女生。"章驰起身，"走，我们去隔壁玩。"

"你请女生来家里玩啊，不怕你的贺佳宁生气？"

"什么乱七八糟的，别乱说。贺佳宁跟晓涵姑姑去新疆玩了。"

"哦。所以你就叫别的女生来陪你玩。我看她可比不上贺佳宁。"

章驰捶了他一拳："你是八婆吗？脑子里只有这种东西？"

......

游戏间隙，章驰问夏浩然："你吃过生鸡蛋吗？"

"煎了的溏心蛋吗？"

"就是生的，破了壳直接吃。"

"没有。"夏浩然很怀疑，"那能吃吗？"

"我没吃过。但胡牧远，就旁边睡着的那个同学，说她小时候住外婆家，每天醒来第一件事，就是去鸡窝里摸蛋，然后拿着往墙上一磕，往嘴里一倒，一口就喝掉了。"

章驰听胡牧远说这事时觉得很有意思，这会儿才兴味盎然地分享给夏浩然。

但夏浩然显然不这么想，他"咦"了一声，摸了摸身上的鸡皮疙瘩："她这么吃不腥吗？"

"还好吧，好像是热的。"

"想想就恶心。"夏浩然撇嘴，"乡巴佬。你怎么叫这种人来家里玩？"

章驰很无语："这怎么就乡巴佬了？"

"这不就是乡巴佬吗？我家之前那个保姆就这样的。东西是生的也吃，还不讲卫生。"

"算了。跟你说不通。"章驰懒得跟他争，他手上操作不停，"快上岸！别待会儿我还要回来救你。"

胡牧远平躺在地上，迷迷糊糊听见旁边有人说话，越听意识越清醒，她想他们是在说她。

这天之后，胡牧远没有再去过章驰家。

棠城的义务教育是5＋4学制，五年级结束时，会有一次大考。只有合格的学生能去与区一小相隔一条街的区一中就读，不合格的学生，就要被分流去别的中学。因此升入五年级后，几门主课老师较之前更为严格，学校里大大小小的竞赛也多了起来。

数学奥赛和英文类的竞赛，会由课余接受了专业培训的学生参加，胡牧远从来不在此列。

只有作文竞赛或征文要选人时，大家才会齐刷刷地将目光聚焦在她身上，因为她的名字一定第一个被叫到。

王老师对胡牧远的偏爱有目共见，最离谱的是有次考试，胡牧远作文偏题，王老师格外优容，竟然额外给了她一次重写的机会。这招致了班上部分同学的不满。王老师立刻表示，人人平等，还有哪些同学想重写的，她也可以重新看卷打分。大家又鸦雀无声了。

过完新年不久，胡东成买了一台电视机回来。

胡牧远非常惊讶，不知道好事为何从天而降。她现在还记得她家当初之所以那么快从大通间搬离，就是因为那儿有台电视机。

张茜说："我还不知道你，你就是为了看北京奥运会，是吧，巴巴地就要搬台电视机回来。"

胡东成哈哈笑着，没有否认。

五月的一天午后，班主任拿着一份报纸进教室，胡牧远坐在第二排，很容易就看见了姚老师红红的眼圈。

她让大家安静，给大家念手中的报纸。标题还没念完，姚老师的声音就哽咽了。

胡牧远心情沉重，也跟着红了眼睛，她想到工人新村，每一层都住了四川人，也不知道他们的家人怎么样，是否平安。

地震之后一段时间，胡牧远家的电视总是定格在新闻频道，所有人都在关注着抗震救灾的最新进展。

日子一天天过去，等到了六月份，毕业成了众人心中的头等大事。班上流行起了写同学录。

其实除了个别成绩实在差的同学，大家只是换个学校读书而已，说不定依旧抬头不见低头见，所以也并不如何伤感。

胡牧远没有买同学录，她囊中羞涩，攒的钱只够给王老师买个小礼物。

区一中将新生随机分班，胡牧远所在的六（七）班好巧不巧，一个原来的同学都没有。一墙之隔的六（八）班，倒有不少熟面孔，包括章驰在内，胡牧远起码数出了七个。

新的语文老师姓吴，身形微胖，年纪和王老师差不多。

胡牧远对语文老师有天然好感。吴老师在第一周的课堂上，也确实和蔼温柔，态度可亲。

周五放学时，吴老师拿着名单点了十来个同学，让他们周六上午八点，赶到学校门口集合。胡牧远也是其中一员。

她早早地到了学校，和其余十三个男生女生一起，被吴老师带回了附近的家中。

吴老师家有一个摆满了课桌的小教室，她让他们随便找位置坐下，然后一人发了一本本子，一支笔，布置了一篇作文。

胡牧远个子矮，自觉坐在了第二排，规规矩矩地写完了作文。

吴老师坐在高脚椅上，当堂将所有人的作文都点评了一遍，才不紧不慢地进入了正题："就六年级的学生而言，你们写得都还可以，但遣词造句方面还是缺乏点技巧，立意方面缺乏点深度，有很大的进步空间，最好是在我这补一下课。我给你们把写作系统性地提升一下。”

胡牧远终于弄明白了，她赶紧说：“我不用补课。”

吴老师被打断，也还是笑眯眯的：“这个课补不补都没关系，老师主要是看你们几个语文成绩还不错，都是好苗子，想你们更上一层楼，才愿意花时间花心思多教教你们。你们今天回去，可以先问问爸爸妈妈，把老师的话告诉他们，看看他们是什么意见。我相信他们一定也希望你们越来越好。”

胡牧远根本不用问，就知道自己不能补。从小到大，语数英补习班，特长补习班，所有需要花钱的项目，都和她没有关系。

她怕吴老师误会她会来，就认真地又说了一遍：“吴老师，我真的不用补。”

“好吧。”吴老师没再说什么。

等胡牧远意识到自己被吴老师针对的时候，其实她已经被针对了一段时间了。

吴老师不会做得特别过，她只是有意无意地，特别爱点胡牧远。

胡牧远读课文卡顿了一两次，吴老师说她学习态度不端正，没有提前预习；胡牧远读得流畅，吴老师说她像木头，没有做到“有感情”。学文言文时，胡牧远总会被叫起来翻译注释中没有的内容，答不上来，吴老师就说她笨，死脑筋，朽木不可雕，带着全班同学一块儿笑她。

开始一两次，胡牧远还会反省，可能是自己的原因。后来语文课上总是被点名，被罚站，胡牧远心里隐隐约约就明白过来了，又想不会吧，不至于吧。

十月中旬，区一中要举办一次创新作文大赛，吴老师在班上点人参赛，一共选五名同学，当然没有胡牧远。

但第二天上课，吴老师特意调侃了胡牧远："没想到你还挺有名啊，胡牧远，隔壁班挺多人知道你的。我一点人参加比赛，就有人问你去不去。"

吴老师似乎觉得好笑，她说："你当然去不了啊，你现在写得又不怎么样。"

胡牧远低着头，闭着眼，将吴老师的声音屏蔽在世界之外。

她现在上语文课惯常走神。

下课之后，班上的语文课代表，陈静怡回过头来，和胡牧远说："其实我也早就知道你。"

"是吗，"胡牧远问她，"多早啊？"

陈静怡是班上最出挑的女孩子。长得好看，成绩好，琴棋书画也样样在行。学校十月份的国庆会演，她代表班级在台上合唱完，还跳了一支独舞。会演之后，有别班的男生会绕老远来看她，给她递信，章驰的好友夏浩然也是其中之一。

陈静怡没有回答她，只笑了笑，就转过头去了。

比完赛的下午，胡牧远和章驰在走廊迎面碰上。

章驰直接问她："你怎么没去？"

胡牧远："因为我写得不好呗。"

章驰："谁说的？"

"不好就是不好。"

在吴老师的笔下，胡牧远的作文分数永远在75左右徘徊。不止作文，她的所有语文作业，都稳定保持着前所未有的低分。胡牧远有点厌倦语文了。

有天午休，胡牧远被叫去办公室。

去的路上，胡牧远以为等着她的又是吴老师的一顿痛批，心情很不怎么样，甚至提前开始做心理建设，想抵御一会儿的言语攻击。

结果办公室里坐着的是王老师！她正侧着身，和吴老师欢声笑语地聊着天。

胡牧远又喜又悲，只觉天都塌了。她想吴老师一定讲了她几箩筐的坏话，王老师不会喜欢她了。

"胡牧远！"王老师也看见了她，乐呵呵地朝她招手，"快过来！"

胡牧远忐忑走近，王老师拉她坐在身旁，往她手心里放了一个红包："好孩子，这里面是50块钱。你上学期有个比赛不是拿奖了吗？奖金现在才发到学校，老师立马就给你送过来了。怎么样，高不高兴？"

胡牧远有点愣，她完全不记得老师说的是哪场比赛，也完全没想到奖金会这么丰厚，50块！她捡一个暑假的瓶子都没这么多。

"谢谢王老师！"

王老师和吴老师炫耀："怎么样，我这个学生不错吧？很优秀的！"

胡牧远鼻子一酸，眼泪都要下来了。她好委屈。

吴老师要笑不笑地跟着附和："是还可以。"

"继续加油！"王老师拍拍胡牧远的肩，"要努力读书哦，胡牧远，老师希望能一直听到你的好消息。"

"嗯！"胡牧远忍着眼泪，用力点头。

她觉得自己真傻。为什么要因为戴有色眼镜的吴老师而荒废学习，吴老师才不会在意她，她又为什么要在意一个巴不得她成绩差的两面派？她应该要加倍用功，才对得起王老师对她的期许。

可能人生就是这样子，失之东隅收之桑榆，王老师前两年对她太好了，她今年就要受到吴老师的磨难。爸爸对她不好，上天就让她遇见了谭一舟。说起来一舟哥哥自从去医院实习之后，就再没有了长假期，她都好久没见他了。

回家之后，胡牧远将50元巨款上交了。张茜意外又惊喜，难得夸了她一句。

胡牧远坐在桌前写作业，也难得大言不惭了一句："我以后一定要拿更多奖金。"

五月份期中考试过后，学校在主席台举行了嘉奖仪式。

全年级二十多个班，每四个班级的前三名要轮流上主席台领奖。

胡牧远的旁边正好站着章驰，他比她高了大半个脑袋，她侧身都只能看到他白皙的脖子。

他什么时候这么白了？

胡牧远想起有年夏天，他们在一块儿比黑，章驰还是赢家来的。

"走了。"章驰碰了碰胡牧远的手臂。

"哦。"胡牧远转身跟上同学。

下台之后，章驰追了一步，和胡牧远并肩走向班级所在的方阵。

他问胡牧远："你知道学校下学期会分实验班吗？"

胡牧远："知道啊。"

她早就知道了。会有两个实验班，要保证在每个班的前三名，才可以稳进。

章驰："你猜我们会不会在同一个班。"

胡牧远虚伪道："我不一定进。"

两个人当然都进了。但章驰在一班，胡牧远在二班。

胡东成暑假期间辞了工，每天早出晚归，拿着厚厚的资料到处奔走打听，他想找一门合适的行当，回邵城做生意。胡牧远的弟弟妹妹也到了入学的年纪，被胡东成抽空从邵城接来了棠城。

等到正式开学，胡东成位于邵城建材城的钢材店已经开了起来。而张茜依旧留在棠城，独自带着三个小孩打工。

胡牧远度过了有史以来最忙碌的一年。

妈妈张茜不知为何又经常要上夜班。每个读书日，胡牧远早上天蒙蒙亮就要起床，从早餐盒里拿三块钱，带着弟弟妹妹上学。

三个人一人捏两个包子啃到区一小，胡牧远再跑到区一中，赶七点二十的晨跑。

一天的课程结束，区一小比区一中放学时间要早一个小时。胡牧馨和胡牧惟放学后，会手拉手过马路，去区一中门口等姐姐，三个人再一起回家。

到家后，胡牧远要生火，热妈妈白天留在桌上的饭菜，烧水给弟弟妹妹和自己洗澡，再洗碗，洗衣服，写作业，睡觉。

虽然事情很多，很杂，但胡牧远其实没觉得多累。不用和胡东成相处，她的天空格外蔚蓝，空气格外自由香甜。

初一多的几门课程，胡牧远都挺喜欢的。她也如愿摆脱了吴老师，又拥有了一个友善幽默的新语文老师。

一班和二班的老师百分百之重合，两个班的学生就免不了被比较。各科科任老师除教学之外，最擅长做的事就是明里暗里拉踩，一会儿在二班说哪道题隔壁一班的谁谁几分钟就做出来了，一会儿在一班说隔壁二班的谁谁谁闭着眼睛都能画世界地图，变着法儿地刺激他们，巴不得他们焚膏继晷、通宵达旦地发奋追赶。

本身两个班中坐的，就都是同龄人中的佼佼者，好胜心一个比一个强，一点儿也禁不起激，明知道这是老师的策略，还是心甘情愿地入瓮。当然，碍于面子，大家嘴上都说着不在意，差不多，没关系，但私下为了不屈居人后，不知道花了多少工夫。

胡牧远在这样的氛围里，压力也大了不少。她和章驰虽然没做成同班同学，却频频从老师口中听到他的名字，听得她都有点儿牙痒痒的了。

入冬之后，两个学校的放学时间都提前了半小时。胡牧远怕弟弟妹妹在外面站着冷，会让他们在教室里待着，等她去接。

但胡牧馨和胡牧惟两人好像不怕冷，还是雷打不动，要来校门口等她。两人也不乱跑，就在校门旁的石砖地上跑跑跳跳，玩石头剪刀布和各种各样的小游戏。有时候还一人占一个石墩，把书包往屁股下一垫，写起了家庭作业。

有天正好轮到胡牧远做值日，她忘了提前说，出来得晚了，胡牧馨和胡牧惟显然等急了，踮着脚伸长脖子往里张望。

胡牧远远远朝他们招手，小跑过去，一手拉一个回家。

往常校门外通向主干道的支路因为摆满了小摊，摊边围满了学生而热闹非凡，这会儿人流稀疏，显得宽阔了不少。

路边停了一辆卖关东煮的小推车，数十个小格里，热气和香味一块儿向上蒸腾。

章驰和夏浩然一人撑一辆单车，在一旁吃串，贺佳宁和陈静怡也在，手上各端了一杯珍珠奶茶，和两个男生说话。

胡牧远牵着弟弟妹妹从他们面前走过，很容易就被注意到了。毕竟这样的景象确实不多见。

"胡牧远！"陈静怡叫住她。

胡牧远只能停住脚，笑着和众人打招呼："嗨。"

胡牧馨和胡牧惟好奇地和几个哥哥姐姐对望。

陈静怡："这是你弟弟妹妹吗？"

胡牧远："嗯。"

"亲弟弟妹妹吗？"贺佳宁很惊讶，"为什么？我们家都只能生一个的，怎么你家有一串？"

夏浩然："这有什么稀奇，有些乡下，如果第一胎生的是女儿，就可以申请生第二胎啊。第二胎是女儿，再罚款追第三胎。重男轻女嘛。"

又来了。

胡牧远对这道声音印象深刻。她看向夏浩然，正好和他略带不屑的目光对上。她说："我弟弟妹妹是龙凤胎。"

夏浩然不怎么相信，质疑道："那你妹妹为什么高一点？"

胡牧远："因为他们是异卵啊，你生物没学吗？这都不知道。"

她的语气有点冲，所有人都感受到了。夏浩然还要再说什么，被章驰先开口打断了："胡牧远，你家不是很远吗？"

"是很远。再见。"

回家路上，胡牧远有点生气。

过去很长一段时间内，她对贫穷是没有概念的。或者说，她知道自己家没有钱，但从来不放在心上。她不会因为家境不如人而感到羞耻，也从来不觉得全家挤住在格子间里是件多难堪的事。但别人觉得，还要告诉她，让她觉得。

她想当初章驰来工人新村找她，其实只是为了满足他的好奇心。他向她抛出橄榄枝，邀请她去家中看漫画，也只是出于礼貌，随口一问，而她竟然真的厚着脸皮去了一次又一次，还喝了他家那么多饮料。想着想着，胡牧远的脸皮火一样烧了起来，她恨不能将两年前的自己从记忆里揪出来，狠狠地批斗一顿。

更不用讲那么多次，她毫无遮拦地和他分享捡破烂、磕鸡蛋之类的事，他心里指不定怎么笑她。

六月的一天，很突然的，胡东成给张茜打了一个电话，让她带着几个孩子回邵城。钢材店的生意渐渐步入正轨，他一个人忙不过来。

其实就算不是现在，胡牧远在棠城也读不了多久的书了，她没有学籍，总是要回邵城的。但她自己不知道，毫无心理准备，因此一回家，得知消息后，整个人蒙了几秒。

时间很赶，胡东成火急火燎，连让小孩读完这学期都等不了。

张茜拗不过他，只能跟老板辞工。她买了三天后的火车票，还买了几个超大号的编织袋，一整天都在忙着归类收拾出租屋内的杂物，送的送人，打包的打包，大件行李通通发物流运回去。

　　胡牧远放了书包，转头就往外跑。

　　她好着急，一路都在祈祷，祈祷谭一舟在家，可她心里知道那不可能。她又降低期望，希望谭爷爷在家，可那也不可能。她偶尔去小院周边转时，那儿从来都门窗紧闭，门可罗雀。

　　这天也毫不例外。

　　胡牧远失望地站在铁门外，心里空落落的。

　　怎么办，她要回邵城了。

　　邵城和棠城离了那么远，在火车上坐一天一夜都不一定能到。她这次回去，也许就再见不到谭一舟了。

　　胡牧远知道他很忙，她从没奢望能常常见到他，她只是不想就这么和他失去联系。早知道去年夏天见面的时候，就问他要一个联系方式了。

　　天色渐渐暗了下来，胡牧远不得不垂头丧气地离去。

　　要怎样才能找到他？

　　棠大所在的位置与岚秀区一南一北，遥遥相望，胡牧远除了记得他是医学部的学生外一无所知，茫茫校园，她怎么可能找得到人。

　　图书馆！胡牧远的眼睛亮起来，图书馆有他的朋友，朋友一定能联系上他！

　　可朋友要是不在图书馆工作了呢？

胡牧远已经很久没去看过书，难免有些忐忑不安。

走着走着，胡牧远突然记起自己有一个QQ号。她想，如果她把写了QQ号的纸条塞在门缝里，他会看见吗？不，一定等不到他看见，纸条就会先被雨水浸湿冲刷。用石头写在墙上呢？不行，不能乱涂乱画，他也不一定会注意。

而且，她的QQ号到底是多少，她忘得干干净净，一个数字都想不起来。

吃晚饭时，胡牧远问张茜："我们明天还要上学吗？"

"要！"张茜没好气道，"家里的事不用你们管，你们在这几天，就读几天书。"

"哦。那还有几天？"

"两天，大后天上午走。"

那就好，胡牧远决定去找章驰问问QQ号。

张茜："明天下午我要回一趟厂里，要你们到家了我还没回来，你记得把火生了。"

胡牧远："好。"

章驰对胡牧远主动找他这件事，感到非常意外。这两年来，胡牧远也不知道怎么回事，好像对他有意见似的，一直当他空气般视若不见，就算他主动打招呼，她也不怎么热络。

他不记得自己有哪里得罪了她。

胡牧远问章驰："章驰，你记不记得之前有一年暑假，你帮我申请过一个QQ号？"

章驰："不记得。"

胡牧远噎了一下。也是，别人为什么要记得？她踟蹰着，很想就此作罢，转身离开，可是不愿与谭一舟失联的执念定住了她的双腿，她只能硬着头皮帮章驰回忆："就是……就是叫胡绵绵的那个。"

"哦，那个啊。"章驰装作才想起来的样子，"胡绵绵怎么了？"

"你还记得那个QQ号的具体数字吗？"

"我记得我抄给你了。"

"我忘了。"胡牧远很懊恼，"我很久没用，就给忘了。"

"很急吗？"章驰问。

"也没有……就是，那个号还找得到吗？"

"当然。我加了你，好友列表里就有。"

"那就好！"胡牧远高兴极了，"那可以麻烦你帮我找一下，然后明天抄给我吗？"

"行啊。"

"谢谢！"

"这么客气啊，胡绵绵。"章驰历来是不怎么认生又爱开玩笑的，他认为胡牧远这次来找他，就是两人恢复邦交的体现。"你要QQ号干什么？之前那么多节电脑课，也没见你这么着急。"

而且一个QQ号，忘了就忘了，随随便便就能申请一个新的。为什么非要之前那一个？胡牧远要是不说，章驰会以为她早就用上了新的。

但他忽略了这些事情胡牧远并不懂。

胡牧远只说："我有事。章驰，你明天一定要记得给我啊。拜谢。"她双手合十作了个揖，就跑回教室去了。

　　叫胡牧远万万没想到的是，章驰会在放学后，特地骑自行车来她家。

　　她当时正在生火。她生了几年火，其实已经很熟练了。但生火是一件很莫测的事。要先用纸引燃细碎的木柴，再用木柴引燃小块的木炭，等木炭烧得通红发亮了，再往上放煤球，煤球燃了，生火就成功了。

　　所有步骤都顺利的关键，在于得有一只手持续不断地拿着蒲扇往通风口扇风，风扇得稍微慢了，浓烟就会像乌云一样积聚在煤炉上空，呛得人灰头土脸。

　　这天不知道是因为柴有点湿还是炭有点湿，胡牧远双手合握，都使出吃奶的力气了，还是有黑烟源源不断地从灶口涌出，她一边闪避一边扇，整个人狼狈不已。

　　章驰忽然出现在黑烟后，胡牧远简直吓了一跳。

　　她的手无法停下来，章驰要靠近也被她制止："别过来！"

　　章驰："我帮你扇。"

　　"不用——"

　　等到木炭终于转为红色，胡牧远已经大汗淋漓。她长舒一口气，揉着酸胀的腰，站直身体。

　　章驰将一张便利贴递给她："你的QQ号。"

　　"谢谢。"胡牧远伸出黑一道灰一道的手接过纸条，放进口袋。

　　她此刻无比希望章驰能立刻转身，骑车走人。

　　她满身是汗，衣服都黏贴在身上，不用照镜子也知道，头发一定凌乱得像稻草堆。

好丢脸。不过没关系，胡牧远安慰自己，反正以后又不用见面了。

"密码你记得吗？"章驰问她。

"嗯。名字首字母加生日。"

胡牧远一手叉腰，一手拿着蒲扇给自己扇风。

"首字母都是小写，你不要输错了。"

"好。你还不回家吗？"

章驰看着胡牧远，没有说话。他来新村是临时起意，来的路上还想，她要得这么急，他特意送过来，她应该会开心。结果胡牧远的反应远比想象中冷淡。

怕赶人的意图太明显，胡牧远又找补道："我还有很多事要做。要赶紧上去了。"

"好。"章驰点点头，不再说什么，他调转车头，"我走了。"

"拜拜。"

胡牧远不傻，她看出章驰走的时候有点不高兴。但她能怎么办，她真的不想邋里邋遢地和他在下面多待。

第二天早上，将弟弟妹妹送进区一小后，胡牧远没有再去学校，她直接去了区图书馆。

图书馆九点开门，胡牧远就在门前的石阶上一直坐到了九点。

所幸苍天不负有心人，胡牧远等到了谭一舟的朋友。

他知道她要找谭一舟，遗憾道："可是一舟这段时间不在棠城。我看动态，他好像和导师去了别的城市。"

胡牧远："我不用找到他，我只想和他说几句话。"

"那简单。我给他打个电话。"

电话接通后，朋友先和谭一舟说了几句，才将手机递给胡牧远。

胡牧远："喂？一舟哥哥。"

"怎么啦，小牧远。"

"我明天要回老家了。"也不知道怎么回事，一听到谭一舟的声音，胡牧远的喉咙就像被棉絮给堵了一段，"一舟哥哥，我要是回去了，以后就再也见不到你了。本来你这么忙，一年就只能见你一两次，"说着说着胡牧远开始抹眼泪，"现在好了，彻底看不到了……"

谭一舟哭笑不得，他走到窗边，跟她开玩笑："这么舍不得我啊？"

"嗯……我不想回去，为什么我要回邵城，为什么我不是棠城人……"

"这有什么难的，你加油念书，以后考来棠大不就行了？"

"可是那还有好久！而且那时候你早就毕业了。说不定早把我忘了。"

谭一舟笑了："哟，谁先忘了谁还不知道呢。而且，我敢保证，小牧远，你回邵城之后，一定会交到很多新的好朋友，遇到很多值得开心的事。那时你再回想，会发现今天的事只不过是一件微不足道的小事，根本不值当你哭成这样。"

"不会的。"胡牧远抽泣道，"不会有比这更难过的事了。"

"好了，别哭了。"谭一舟轻声安慰她，"会再见的。而且，就算你不在棠城，我们也可以像现在这样打电话呀，没什么可难过的。"

"一舟哥哥，我可不可以加你的QQ号？"

"可以啊。"

胡牧远拿出准备好的纸笔，将谭一舟的电话号码和QQ号都抄了上去。

"记好了吗？"

"记好了。"胡牧远收好纸笔，像吃了定心丸一般平静了不少，她擦干眼泪，小声道，"那不打扰你了。一舟哥哥，我回家了。"

她深吸一口气，将手机还回去，道了谢，转身往外走。

朋友在一旁围观了全程，觉得场面悲情又好笑。胡牧远以往每次来，都像一朵沉默的云，除了偶尔拿着书飘来飘去，没有任何大的动作。这次哭得这么伤心，实在是很壮观。他调侃谭一舟："你这是给人做长腿哥哥呢？"

谭一舟叹了口气："你送送她，她肯定还在哭呢。"

04 第四章

回邵城之后，胡牧远度过了一个不怎么轻松的暑假。

张茜怕她荒疏学业，带她去书店买了不少练习册和试卷。她每天要读至少一个半小时的英语，再分别做七个科目的作业，以及额外的奥赛题。

为了节省资金，胡东成没有另租住房，带着一家人住在钢材店的夹层里。

一楼相连的两个门面，除了货架外，只在最靠里的角落砌了一个卫生间，靠近大门的区域摆了一张电脑桌和几把藤椅。

家中忽然有了电脑于胡牧远来说是意外之喜，当然，她不被允许触碰。但当胡东成开着卡车外出进货，妈妈心情也还不错时，她可以登录QQ看两眼。谭一舟的电话号码被胡牧远备注在了他的昵称后，她觉得这样比抄在纸上保险。

　　胡牧远家店面的斜对面，有一个姓周的老板娘，也常常带着自己放暑假的女儿来店里写作业。周家专业卖门，店内空荡荡的，只在三面墙上装了十来扇可以开合的红漆木门。她可能是闲的，也可能天生话多，很喜欢来胡牧远家找张茜说些有的没的，顺便关心一下胡牧远的学习成绩。

　　张茜和胡牧远说得最多的话是"不要骄傲，要谦虚"，她对外人也秉持这一人生哲理，因此只说一般。

　　周老板娘脸上便露出"果然如此""我就知道"的神情，继而和张茜夸耀起自己的女儿来。

　　她今天说她女儿就读于邵城最好的小学，经常代表全校学生在礼堂发言，虽然才读四年级，但校长和老师器重得不得了。明天说她女儿讲礼貌，普通话标准，字写得好，每次开家长会，班主任都点名换着花样儿地夸。

　　在一旁偶尔听两嘴的胡牧远耳朵都要起茧子了，张茜竟还能配合地附和。胡牧远打心底觉得她妈妈很有耐心和韧性，她真的听了心烦，恨不得把小周的嘴巴给堵上。

　　周老板娘只比张茜小一岁，也张口闭口"张姐"，张茜索性叫她小周。

　　胡牧远悄悄打量过小周的女儿舒洁，她看着很文静，只要在店里，永远都低着头写作业，处境没比胡牧远好多少。舒洁也挨打，胡牧远见过不止一次，小周的巴掌落在她脸上。

到了九月开学，半路插班的胡牧远被随随便便塞进了灵江中学的某个平行班。

然而第一次月考过后，出成绩的当天中午，三门主科成绩排名第一，八科总成绩排名第二的胡牧远就被叫去了办公室。

短暂带了她一个月的班主任是位年轻的数学老师，一见她就发出了一声长长的叹息。

"虽然我早就知道你在我班上留不长，但这也忒短了。"

一旁的英语老师笑他："你还想藏私啊，想得美。人家教务处说了，鸡蛋要放在一个篮子里，美玉要放到1班去雕琢。"

胡牧远一头雾水，班主任将早就在各老师手中传阅过一遍的试卷齐了齐，交到她手上。"胡牧远，你回教室收拾收拾书包，去顶楼的1班报到吧。"

1班的所有老师和同学对这么个横空出世、平地惊雷的第一名都怀有莫大的好奇。

胡牧远的新同桌蒋凌竹，见面第一件事，就是不客气地问她要试卷。

"胡牧远同学，你好，久仰大名，可以把你这次月考的试卷借给我看看吗？"

"OK。"胡牧远很大方地将试卷掏了出来。

"这是我们老大。"前桌田昱宪转过头来，十分自来熟地和胡牧远打招呼，"我们老大双料第一的宝座坐了一万年了，这次居然被半路杀出的你给抢了一个，那气得，今天中午饭都没吃几口。"

"滚！"蒋凌竹往前踢了一脚，"少胡说八道。"

"你看看，是不是，这脾气大得，脸黑得。"

胡牧远被逗笑了，玩笑似的接了一句："气大伤身，注意身体。"

蒋凌竹不可思议地看着她："你信他胡说？"

胡牧远连忙道："开玩笑，开个玩笑。"

她转移话题："老师是按成绩排的座位吗？"

"是也不是。我们的座位确实都是按成绩一个个选的，但你坐这儿，是因为老大主动跟老班申请要和你做同桌，他打算师夷长技以制夷。"

"田昱宪，你能不能别学了个句子就乱用？"蒋凌竹终于拿着书动手了，"你给我等着，下次选位置你别想坐我前面。"

"错了错了。"田昱宪告饶道，"我得坐这，接受您的……您俩的智慧熏陶，不然我妈不会放过我的。"

"我管你死活。反正你别想。"蒋凌竹放完狠话，将试卷还给了胡牧远。

"我看看。"田昱宪接了过去。

蒋凌竹问胡牧远："你之前在哪个学校读？"

"在外省，今年六月才回来。"

"难怪。"蒋凌竹朝她伸手，"以后说不定还要做两年同桌，多多指教。"

"啊？"胡牧远握完手才问，"为什么？"

"因为我一定会坐你旁边。当然，很可能下一次考试我就雪耻，换你考第二名，那你可以选择坐别的地方。"

"哇。"田昱宪惊呼，"学霸，你作文只扣两分啊？你平时看什么作文书？能不能给小的推荐几本？"

他们这块儿这么热闹，班上绝大部分同学早在有意无意地偷听，这会儿都围了上来。

"真的假的，我看看——"

"我说呢，语文分那么高！"

"她和蒋凌竹数学英语都满分，就高在语文。"

……

胡牧远几乎在众星捧月里过了一天。

下午回家，胡东成和张茜显然已经接到老师的电话，脸上罕见地有了笑意。

小周也在，酸溜溜地说了一句："没想到你家胡牧远成绩还可以哦。"

张茜轻描淡写地笑了笑："还行吧。"

小周勉强道："张姐谦虚了。"

"继续保持。"张茜对胡牧远说。

胡牧远："嗯。"

读了几天书，胡牧远能很明显地察觉出1班的氛围并没有棠城的实验班那样紧张，可她依旧时刻不敢松懈，她有终极目标，有确定终点的长跑要达成。

而于1班来说，胡牧远虽然算不速之客，但因为性格好，成绩好，又没有一点傲气，有时候还有点冷幽默，很快就交到了一大把的朋友。

之前在棠城读小学，不到大考，胡牧远根本不知道班上的一二三名是谁。初一进实验班，她也并不是班上金字塔的顶尖。这会儿在灵江中学陡然成为中心，成为所有老师关注的焦点，她才意识到拔群的成绩在学校里是一件多么所向披靡的利器。

一夜之间，好像所有科目的老师都变成了王老师，连路边的花草树木都是友善的。

胡牧远在学校的日子过得如鱼得水，在家中就没有那么一帆风顺了。

她和胡东成有时会因为一些莫名其妙的事起冲突。

有天胡东成从乡镇送货回来，正巧碰见胡牧远坐在电脑桌前搜手抄报的图片，他当即黑了脸，让她把页面关了，去做自己该做的事。

胡牧远说："我在找资料。"

一年不见，胡东成虽然一如既往，极少对她有好颜色，但好歹不再像从前那样动辄打骂。而胡牧远大了几岁，对胡东成也不再像老鼠见了猫一样惧怕，偶尔也会据理力争。

"玩电脑就玩电脑。找什么借口？关了！"

"我没有。"胡牧远虽然关了窗口，但还在为自己辩解，"我只是想参考一下别人是怎么做的。"

"少在那狡辩！你自己没脑子吗？自己不会做？你那么多同学家里没电脑的就不用做手抄报了？"

"我不懂为什么不可以用。"

"不需要你懂。你就记住你不能用就够了！"胡东成冷哼一声，"胡牧远，你经常偷偷摸摸地拿电脑登QQ，你以为我不知道？没拆穿你罢了！"

天地良心，没有经常。胡牧远怕打扰谭一舟，从没给他打过电话，也几乎从不给他发消息，她只是隔一段时间上线，看他有没有发什么新的动态而已。

算了。胡牧远想，胡东成就是这么唯我独尊，不可理喻，完全无法沟通。

六一儿童节那天正好是田昱宪的生日，他一大早就在班上吆喝上了，邀请交好的同学放学之后去他家吃饭。胡牧远也在受邀之列。

她知道他家离学校直线距离不到一百米，可她家离学校远，因此第一反应是拒绝："我就不去了，我得回家。祝你生日快乐！"

"那不行！"田昱宪眼睛一瞪，"还是不是朋友了？"

"我真不去了。祝你福如东海，寿比南山，心想事成，美梦成真，开心快乐每一天。"

"不行不行不行。"田昱宪扮可怜道，"我妈早就放话了，让我一定要把你请去。我都拍胸脯保证了，你突然要放我鸽子，我情何以堪啊——"

胡牧远很无奈："我回家晚要挨骂的。"

"不会的，我让我妈妈给你妈妈打个电话，说一声就是了嘛。"

"晚了没有车了。"

"放心放心，我让我爸爸送你，一定将你平安送到家门口。"

胡牧远还在犹豫，田昱宪利诱道："我跟你讲，我妈妈做的蛋糕特别好吃，堪称一绝，外面买都买不到，吃不到绝对是你的损失，老大，你说是不是？"

"那倒是。"蒋凌竹年年吃，很有发言权，"要不是看在阿姨的面子上，我才不去你家。"

"谢您赏脸。"田昱宪又磨胡牧远，"去吧去吧去吧，好不好？”

"好吧。"胡牧远说，"但是不要太晚。"

"好嘞！"

田昱宪的妈妈看着很年轻，她化了淡妆，盘了头发，还穿了一身旗袍，对每个同学都笑盈盈的，非常热情周到。

她好像对来的所有同学都很了解，一会儿夸这个，一会儿夸那个，再揶揄两句王昱宪，席间一片欢声笑语。

胡牧远原本坐在蒋凌竹和一个相熟女同学的中间，后来蒋凌竹和几个男生去阳台玩，田阿姨就坐来了她旁边。

她拉着胡牧远的手，夸她聪明，读书厉害，又夸她皮肤白，发质好，一头乌发又浓又密，让她平常有时间多教教田昱宪这个呆瓜，多来家里玩。

胡牧远很不会应对长辈的夸奖，一律"没有没有""嗯嗯嗯"，脸都要笑僵了。

许完愿，吹完蜡烛，因为蛋糕太好吃，大家都没舍得扔，围在一块儿七嘴八舌地边吃边聊天。

田昱宪用手肘拱了一下胡牧远，得意道："怎么样，是不是好吃？是不是名副其实，名不虚传？"

"是是是。"胡牧远捧场道，"长这么大从来没吃过这么好吃的蛋糕。谢谢阿姨！"

"爱吃以后常来啊。"田阿姨笑道。

又闲聊了会儿，胡牧远借蒋凌竹的手表看了眼时间。蒋凌竹直接放下了餐碟："不早了，阿姨，大寿星，我们要先撤了。"

"哦，好，回家注意安全。牧远，你等等，我跟你爸爸电话里说了，一会儿送你回家。"

"好。"

田叔叔直接将她送到了店门口，胡牧远隔着车窗，看见爸妈和一群人正坐在电脑桌前看电视。

她和田叔叔告别，推门下车。

隔壁卖塑料水管的叔叔先看见了她："牧远回来了啊。"

胡牧远："嗯。"

胡东成冷声道："你还知道回来？胡牧远，你还记得你爸姓什么吗？"

胡牧远没说话，她穿过大人和电脑桌间的狭窄小道，往屋内走。

胡东成："下次再玩到这么晚回来试试看，你看我打不打死你。"

胡牧远心里一阵反感，既为胡东成刺耳的言语，又为他当着这么多人面。她不知道自己是犯了什么大错，要被他这样对待，现在才九点不到。

胡东成："耳朵聋了？听到没有？"

"嗯。"

初三那年冬天，元旦过后没多久，谭一舟在空间更新了几张和妻子的结婚照。

胡牧远傻眼了。她第一次见识什么叫闪婚，整个人都给闪蒙了。

真的一点预兆都没有，别说结婚，谭一舟此前的动态，连恋爱的迹象都找不到一丝半点。

第二天睡醒，胡牧远怀疑前一天看到的两张红底照是做梦。

下午回家，胡东成正巧外出，胡牧远忍不住又去登QQ。

再看一眼，她想，就看最后一眼，

可是她的列表空空如也，一个好友都没有。

胡牧远反复登录，反复确认，确实是自己的账号，确实空空荡荡，一个好友都找不到。

胡牧远的大脑空白了几秒。

她问张茜："妈妈，你动过我QQ吗？"

张茜："谁动你QQ了？"

"那是爸爸吗？"

"我不知道。别问我！"

胡牧远脑子一嗡，她想起来了，她昨天魂不守舍，好像忘记退出登陆了。

她心率加快："爸爸是不是把我的QQ好友都删了？"

"我说了我不知道！你有本事自己去问你爸爸！胡牧远，你现在到底要不要读书了？一回来就晓得玩电脑，你还有没有心思念书？"

胡牧远静静地坐在桌前，从书包里一本本地往外掏作业，她牙齿咬得紧紧的，手禁不住有点发抖。

完了。完了。完了。

她像个突然被人剪断风筝线的傻子，除了徒劳地握着线筒，无措地望着天空之外，没有任何办法，可以再拉回消失在九霄云外，杳如黄鹤的风筝。

她彻底失去了和谭一舟联系的渠道，她再不能和他说话，也再看不到他的消息了。

慌乱混杂着沮丧潮水般淹了过来，将胡牧远的脑袋搅得一团糟。

到了晚上吃饭，胡牧远已经平静下来。

她直接问胡东成："爸爸，是你删了我的QQ好友吗？"

胡东成懒得理她，自顾自地夹菜。

胡牧远又问了一遍："爸爸，是你删了我的QQ好友吗？"

胡东成："谁删你好友了？"

胡牧远："做了就做了，别不承认。"

"你没完了是吧？"胡东成扬声道，"是我删的又怎么了？你一个学生要加什么好友？"

张茜打圆场："好了，都少说两句，几个好友而已，删了就删了。先吃饭。"

胡牧远不依不饶："那是我的好友，你有什么权力删？"

胡东成扬手，一巴掌扇在胡牧远脸上。

"你怎么跟你老子说话的？我想删就删，还要你同意？"

胡牧远静了几秒，"啪"一声将筷子用力拍在桌上，直视着胡东成。

"你凭什么打我？"

桌上人都愣了，胡东成起身，拽着胡牧远的衣领往一旁走。

"凭什么？我今天告诉你凭什么！"

他在她还未站定的时候，又狠狠地扇了几巴掌下来。

胡牧远的头发被扇乱了，眼镜也被扇飞了，她直挺挺地站着，大声吼回去："你说啊，凭什么！"

"就凭我是你爸爸！"他一脚踢在胡牧远身上，"你跟我大声什么？"又是一脚，"你吃我的穿我的用我的，你跟我吼什么？你说我凭什么打你？"

她站起来接着吼："那你打啊！你今天干脆打死我，最好打死我，你这么大本事，你打啊！你看我怕不怕你！你除了会打人还会什么！"

"我当然要打，打不服你了还！"

胡牧远历来顺从，今晚突然爆发，胡东成第一反应就是最近打少了，导致她不知道天高地厚，他这一次不压死打服，以后小的有样学样，他不用管教了！

胡东成越想越气，手脚并用。可是胡牧远永远都是被打倒又站起，站不起就坐起，脸上眼泪鼻涕都挂满了，口中还要喊："打啊！怎么不打了！你接着打啊！"

胡牧馨和胡牧惟两人贴在墙边噤若寒蝉。

一直保持缄默的张茜在胡牧远被打趴在地上后，终于上前拉走了胡东成。

一切又恢复了平静。

胡牧远手撑着地，慢慢地爬了起来。她双颊红肿，嘴角破了皮，散开的长发疯子一样凌乱，还有不少沾在满是泪痕的脸上，全身没有几个地方不疼，看着真的很惨。

胡牧远恨死了。她恨自己为什么不是根没有眼泪的木头。她从小到大听过太多次，无比厌倦胡东成"哭就是装可怜"的言论。

拍桌子的那一刻，胡牧远就告诉自己今天不要哭，不论如何不能哭，她打心底里不想哭，不愿在胡东成面前示弱。可是眼泪如此不争气，不听她的指挥，不受她的控制，总是不顾她意愿地不请自来，止也止不住。白白给了胡东成嘲讽的把柄。

胡牧远把头发扎好，找回眼镜，洗干净手脸。

回房间后，胡牧远用了平生最大的力气，将房门狠狠拍上。

今年夏天，她家经济好转，全家搬入了这套位于建材城旁居民楼内的三室一厅。

胡牧远和妹妹共用一个房间，胡东成从不允许她关门，因为他随时要进来察看她在做什么，随时要检查她的书包内有没有放什么不该放的东西。

现在她受够了。她不管了。她想关就关。

一声巨响过后，什么都没有发生。

没有人来找她的麻烦。

胡牧远深吸一口气，打开台灯，静下心来预习第二天的教学内容。

初三下学期，胡牧远瞒着父母，报名了雁城某重点高中在邵城的招生考试。

几年后的九月中旬，棠大文学院新生军训的第五天，胡牧远洗完澡出来，隔壁床上的聂思臻忽然一跃而起，将昨天才小心翼翼贴上，上一秒还宝贝得不得了的几张海报哗啦撕下。

对面的陈颖很疑惑："哎，为什么要撕了啊？你昨天贴了好久。"

聂思臻："我房子塌了。"

陈颖："什么房子？"

"不用问。"刚涂完口红，正对着全身镜左顾右盼的任倩婷接话，"你刷微博就知道了。"

陈颖："我不玩微博。"

"不重要。没关系。"聂思臻很看得开，"拜拜就拜拜，下一个更乖。哎——你俩都要出去啊？"

任倩婷："嗯，约会。"

胡牧远："怎么了？"

聂思臻将手中断成几截的海报往前一递："劳驾帮我扔一下，谢了啊。"

任倩婷拎着米色的小方包，没有要接的意思。胡牧远便接了过来："这么干脆？"

"眼不见心不烦。"聂思臻双手合十，神情如老僧一般古井无波，"实不相瞒，这种事我经历过很多次了。熟能生巧。"

"对了。"临出门时，任倩婷回头问她们，"大家明天晚上没别的事吧？我男朋友想请你们吃个饭。"

陈颖："不用了吧，太客气了。"

任倩婷："没事，就认识一下，说好了啊，到时我们一起过去。"

胡牧远敲响窦彬月宿舍半敞的木门时，里边一片欢声笑语，四五个女生正围在一块儿聊天。

吕盼朝她招手："胡牧远，快进来，彬月交表去了，马上就回来，你先坐会儿。"

"你们聊什么呢？"

胡牧远在窦彬月的座位上坐下。她桌上摆了一本《刑法总论》，书签夹在约六分之一处，胡牧远拿过来翻了翻。

"在选美呢。"吕盼笑着说，"我们不是才开了班会吗，就趁热打铁给班上男生按姿色排了个名。"

"排完了吗？"

"差不多了，就探花的位置还有一点小小的争议。"

"其实吧……"有女生叹了口气，"其实数来数去，我们班这几个都只能算小家碧玉。就五官端正，还可以，小帅，但远比不上……"

她虽然没说名字，但大家心照不宣，想到了同一个人。

"唉，可别说了，我又要感慨了，章驰为什么不在我们班？"

"就算没有章驰，赵文恺也行啊，真是旱的旱死，涝的涝死。"

乍一听到章驰二字，胡牧远只觉耳熟，稍一回想，便与记忆中有过交集的男同学对上了号。她合上书，直接问了出来："哪个章，哪个驰啊？"

吕盼："文章的章，俊采星驰的驰。"

胡牧远："有照片吗？"

"有啊，好几张呢，我从别人那存的。"吕盼打开相册，"来来来，让你瞧瞧什么叫鹤立鸡群。"

胡牧远看的第一张是裁剪过的班级照，清晰度不很高，但她还是一眼就认出了章驰。如吕盼所说，目如朗星、身姿挺拔的章驰在人群中的确很突出。他长高了许多，身形和记忆里少年时的样子很不一样，不过五官没什么大的变化，胡牧远小时候不觉得，时隔五年忽地这么一看，才发现他着实是个帅哥。

后面几张是偷拍的军训照，有正面，有侧面，明明大家穿着一样的迷彩服，章驰那身却总是格外舒展挺括，衬得人长身鹤立、卓尔不群。

"怎么样？"吕盼上扬的语气十分与有荣焉，"是不是很帅？"

"嗯。"胡牧远笑了。

这个世界真是太小了。

"你笑什么？你们文学院有这样的吗？"

"没有。"胡牧远摇摇头，语气遗憾。

"没关系。"吕盼安慰她，"你们有一个大美女，也算是平衡了。"

"多美啊？"有人问。

"很美。初见有一种令人失语的冲击感，很惊艳，让人忍不住想多看几眼。"胡牧远描述的是报道那天见到任倩婷的主观感受。

好看的人环肥燕瘦，各有不同，任倩婷恰好是秾丽的富贵花长相，拥有最无可争议的美。

吕盼深有同感："是这样的。"

窦彬月回来时，女生们的话题已换到了防晒分享。

窦彬月："等很久了吗？"

"没有啊。走吧。"

和窦彬月挽着手在楼下走了会儿，胡牧远问她："你知道章驰吗？"

"知道啊。"

胡牧远反而有些惊讶："怎么连你都知道。"

"大家老在说他。"

"你觉得他长得好看吗？"

"还可以。"

"和你的谢霄阳比呢？"

窦彬月想了想："这怎么好比。"

"确实不好比，情人眼里出潘安，谁能和你的谢霄阳比，是吧？"

"你就取笑我吧。"

说曹操曹操到。谢霄阳打了个视频电话过来。

胡牧远往旁边让了让。

通话一接通，谢霄阳标志性的嘚瑟语调传了出来："在干吗？你在外面啊？"

"嗯，和牧远去超市买点东西。"

电话挂断前，谢霄阳非要彬月亲他一下，那端好大的起哄声，谢霄阳是不害臊的，一边"么么"一边催促窦彬月快一点。彬月的脸早已红透，草草"啵"了一声便按下了红键。

胡牧远哈哈大笑，笑完了揶揄道："看样子你俩没少亲啊。"

"没有。"窦彬月抬手理了理并不凌乱的长发，"他只是爱开玩笑。"

"我不信。"

"真的。我们最多就亲过脸。"

"这么纯情？噢，也是。你们见面机会本来也不多。"

天天能约会的任倩婷和唐睿就没有这样纯情了。

胡牧远和三位室友在铺了塑料膜的圆桌旁一一落座，悄悄打量了一番对面四位正交谈说笑的男生。

唐睿和任倩婷坐在中心位，为两边人一一做了介绍。胡牧远看了一眼唐睿，实在很难忽视他颈侧与任倩婷如出一辙的紫红印记，即便她坐在离他最远的边缘位置。她飞速移开了目光，内心有些疑惑，这么醒目的吻痕要多大力气才能嗦得出来。

"怎么多了一个座位？"任倩婷问，"彭航奇呢，他怎么没来？"

唐睿："有点事，马上来。"

不多时，一个戴眼镜的高个男生在胡牧远右侧坐了下来。他顶了一头乱蓬蓬的自然卷，额前微曲的发梢快要够到镜框。

方方正正的烧烤盘慢慢填满了整个桌面，桌边众人也逐渐活跃熟悉起来。

唐睿长了一副刀削斧凿的深邃五官，乍看十分高冷，一开口却反差十足，他热情地招呼大家试试这个，尝尝那个，说不了几句就要拍手大笑，是个挺乐天开朗的大男生。

任倩婷袖手坐着，偶尔夹一筷面前餐盘里唐睿剥出来的，快要堆成小山的虾仁和鱼肉。

聂思臻是女生中最健谈的一位，她问几位男生来自哪里，家乡有什么名胜古迹和自然奇观，间或插几句诙谐的玩笑，大方又自然，简直像在做访谈。

陈颖家住西南一座闻名遐迩的秀丽古城，也主动介绍了不少小众的传统美食。

胡牧远很少说话，她在人多的场合历来不太积极，她只爱听，谁起的话题都有兴趣。

彭航奇比她还沉默，连头都不怎么抬，但他手长脚长的，无形之中压制得胡牧远束手束脚，没法大幅度的动作。她只好专注于眼前的一亩三分地。

后桌有人起身时跟跄了一下，好巧不巧撞上了胡牧远的手肘，胡牧远手一抖，筷间夹着的半截玉米便掉在了桌上，骨碌骨碌，眨眼便要往彭航奇身上滚，胡牧远动作快过意识，迅速往外掰了下彭航奇的膝盖，玉米块"啪嗒"一声，从腾出的空间跌落。

"对不起啊。"胡牧远立马道歉。

彭航奇完全没料到胡牧远会直接上手，他僵着的身体在她离开之后还未完全放松。

"没事。"他镇定地看了眼身侧安静了一晚上的女生，将微微发热的手心按在左侧裸露的膝盖上，很奇怪，和她带来的电流感截然不同。

早知道今天穿长裤出来了，他想。

这样对视，胡牧远发现彭航奇长得不赖，他镜片下的双瞳和头发一样，是有点浅的棕色。

"你俩干吗呢？"唐睿问。

桌边几人只看到他们这边手忙脚乱，不清楚发生了什么状况。

"没什么。"胡牧远说，"东西掉地上了。"

夜宵散场，时间还不算晚，有男生提议去百晟开个包厢唱歌。

"下次吧。"聂思臻笑吟吟地婉拒，"等放假了再说，明天还要早起呢。"

"也是，那走吧，送你们回去。"

"你们觉得唐睿怎么样？"

回宿舍后，任倩婷状似无意地问自己的三位室友。

聂思臻："还不错。"

陈颖："挺帅的。"

胡牧远："嗯。"

"就这些？"任倩婷显然并不满意于如此简洁的三两句回答。

"性格也还行。"聂思臻打开空调，"刚我坐那位置都没什么风，背上全是汗，澡白洗了。"

"我也是。"胡牧远拿睡裙的手停了停，"你先我先？"

"你先吧，我去隔壁看看。"

胡牧远："行，我速战速决。"

胡牧远出来没几分钟，聂思臻也清清爽爽地进了门。

陈颖端端正正地坐着，不知道在写什么，任倩婷和唐睿则又连上了视频。

胡牧远正要上床，唐睿忽然问了一句："胡牧远在吗？"

胡牧远并未出现在任倩婷的前置视野里。任倩婷在这方面一直挺注意的，室内有人走动时，她的镜头通常只会对准床板。

任倩婷："在啊，干吗？"

胡牧远："怎么了？"

"彭航奇想要你的微信，他觉得你很可爱，但这哥们儿太害羞了，不好意——"唐睿的语速极快，好像生怕慢一点就不能说完——他确实没能说完，从"唔唔唔"的声音判断，大概有人捂住了他的嘴。

胡牧远听见彭航奇羞恼地骂了一句脏话。

任倩婷竖起手机，凑近屏幕，惊讶又不满地撒娇道："彭航奇，你什么意思呀，你觉得胡牧远可爱，难道我不可爱吗？"

"你可爱啊。"唐睿挣开彭航奇的手，"那你不是有我了吗，宝宝。"

"那怎么了，我人见人爱不行吗？"

"行行行，宝宝是全世界最可爱的人。"

"彭航奇，你是不是真想要胡牧远微信呀？给你也不是不行，但总得有点诚意吧，嗯，我想想，你不如先给我们寝室送一个月的早餐。怎么样？"任倩婷回头看胡牧远，"牧远，你觉得怎么样？"

胡牧远："随你喜欢。"

"那就这样吧。"任倩婷昂起下巴，"女孩子的微信可不是轻易能拿到的哟。"

彭航奇早已从画面中离开。

视频挂断，任倩婷将手机一丢，旧话重提："你们对唐睿还有什么看法吗？"

"就挺好的啊。"胡牧远漫不经心道，"刚刚不是说过了吗。"

聂思臻："对啊。"

胡牧远不知道任倩婷到底想听什么。也许她知道，但不太有闲心配合她一来一回地应和。

怎么其他人也这么不给面子？

胡牧远抬眼的瞬间，聂思臻也看了过来，两人视线一碰，胡牧远明白了，能感知到任倩婷用意的不止她一个。

仅剩的陈颖性格直爽，肚子里没什么弯弯绕，可能确实听不出任倩婷的弦外之音。

以往好友用夸张的溢美之词称赞唐睿的帅气时，任倩婷嘴上虽然会无伤大雅地抱怨几句，但内心是受用的。新室友如此敷衍平常，不当回事，着实出乎她的预料，她疑心是唐睿就读的理工大学远不如声名赫赫的棠大的缘故，才导致唐睿并未在她的新圈子引起波澜，不快之下，任倩婷忍不住讲了真心话："是挺好的，就是相处久了有点无趣。"

无人追问。

任倩婷不服气了，她开始关心起她们的感情生活："你们呢？你们有男朋友吗？之前有谈过恋爱吗？"她先看了一眼陈颖，又直接跳过了她，"陈颖，你肯定没有，你一看就是好好学生。"

陈颖："我有男朋友啊。"

任倩婷有些意外："是吗？"

聂思臻也坐了起来："是吗！"

陈颖："是啊。但他不在棠城，他在我们省大读书。"

任倩婷："异地啊，长得怎么样？照片给我看看。"

陈颖相册中两人的几张合影传阅过一轮，任倩婷先发表了点评："长得还挺憨厚的。"

胡牧远："挺好的。"

任倩婷撇撇嘴，不能苟同。

"你俩呢？胡牧远，你看起来乖乖巧巧的，不过也不一定——"

胡牧远："我没有。"

聂思臻："我也没有。"

任倩婷："不会吧，聂思臻，你没有？我看今天晚上，你跟他们每个人都聊得挺好的。你在男生中一定很受欢迎。"

聂思臻："聊得好不代表我对他们感兴趣。"

任倩婷："一个来电的都没有？那你喜欢什么样的？"

"看感觉吧。"聂思臻说，"我喜欢比我聪明的人。"

"哦。"任倩婷确定了，她们就是瞧不上唐睿的学校。她说，"那你的选择范围岂不是很狭窄。"

聂思臻："确实。"

由于误读了对方的语意，两人聊的其实不是一回事，但因为双方都失去了交谈的兴致，对话就这么以误会落幕了。

任倩婷又看向胡牧远："不知道彭航奇明天会不会来送早餐。"

彭航奇当然没来。一句玩笑而已，谁会傻到当真。

军训结束后的国庆长假，胡牧远和窦彬月都没回邵城，两人联系了学校布告栏里招聘家教的电话条，结伴去了附近的小区试课。

胡牧远试课的对象是个叫梁溪的女生，刚升入四年级。胡牧远看完她几门主科最新测试的单元卷，发现梁溪成绩不错，失分点大多都是马虎大意所致，并无什么知识层面的严重短板，便拿过草稿纸，直接给她出了几道类似题型。

梁溪的妈妈是一位精致斯文的年轻女性，一直坐在书桌的另一侧，时不时拢拢栗色的齐耳短发，和女儿一块儿听课。

胡牧远的心理素质一向很有弹性，在敲门之前，甚至从学校过来的这一路，她都有几分难以克服的紧张，但真正坐在桌前讲课时，她又出奇的冷静耐心。

不到二十分钟，胡牧远便顺利拿到了这份工作。梁妈妈以八十每小时的价格买断了胡牧远每周六下午两点到六点的时间段。胡牧远初出茅庐，不清楚这样的出价是否公允，但她心里已经很满意了，甚至觉得对方十分慷慨。要知道，在邵城建材城顶着烈日发一天的传单，能拿到的报酬也不过六十块。

窦彬月显然也这样想。但两个女生面上都挺从容，一直到进了电梯，显示屏上的数字开始跳动时，胡牧远才拉着好友的手感慨："天啊，我觉得好多啊！"

"是的。"窦彬月赞同道，"这个妈妈真的好大方，我暑假在培训机构，看一天的作业也才五十呢。"

"你要上课的这个男生是不是刚上初二？按道理来讲，应该要更高吧。"

"也许吧。就在隔壁单元，走吧。"

确实更高，也更麻烦。

胡牧远坐在沙发上，又一次将目光望向卧室里并肩而坐的两道背影。

窦彬月已经在里面做了五十分钟的数学题了。

两人一进门，汪彦博便递过来两道月考卷的压轴题。窦彬月做完，手边又来两道，再做完，又是两道，如此周而复始，也不需要讲解，汪彦博哪里像找家教，他像成心恶作剧。

胡牧远想，也就彬月有这个耐烦心，要换成她，早撂笔走人了。能不能教，讲几题就知道了，何须这样反复试探。

"小胡，吃水果。"阿姨将果盘放在茶几上。

胡牧远："谢谢。"

"放心。"阿姨在她身侧坐下，宽慰她道，"我看小博对你朋友很满意。我还没见过哪位小老师能在里面坐这么久呢。"

胡牧远："不用再问问家长吗？"

"汪先生和太太不常在家，一直都是小博自己拿主意的。"

汪彦博对自己的新家教确实挺中意，知道窦彬月在法学系就读之后，还让她拟了一份合同。

"真是人小鬼大。"回去路上，胡牧远和窦彬月说。

"是挺成熟的。"

"还有好几天假，你打算做什么？"

"看书。我想把几本专业书好好过一遍，有些地方弄不太明白。"

"嗯。谢霄阳呢，他应该没回家吧？"

"没。他说他被招进了一个专打竞赛的社团打酱油，特别忙。"

胡牧远没问两人为何不见面。大家都是囊中羞涩的穷学生，北城到棠城一来一回的车票抵得上一个月的生活费，不是轻轻松松能负担的。

窦彬月："你呢？"

"我也看书啊。"胡牧远笑了，"大好假期，当然要拿来看闲书了。"

胡牧远挑书没什么倾向和目的，哪本顺眼拿哪本，读上十几页还不吸引人，就丢开换一本。

三号那天，天气出奇的好，胡牧远心血来潮，又一次绕了两条街区，去医学院散了会儿步。当然碰不到谭一舟。她又跑去医学部的图书馆，大海捞针般地去翻书架上典藏的书籍，想着或许，能在书封中夹着的借书卡上找到他的名字。当然没找到。

即便考来棠大，胡牧远也找不到再见谭一舟的办法。

但她总算不再是从前那个动辄觉得天塌了的小女生。见不到就见不到呗，胡牧远想，随随便便给她碰上了才稀奇呢。也不知道谭一舟现在在哪个医院当医生，结婚这么多年，是不是已经有了小宝宝。不知道他本人有没有变胖，会不会秃顶。

出神之际，胡牧远在白纸上一遍又一遍地写下他的名字。

从图书馆离开时，胡牧远将折叠的纸张夹进了手机壳与手机之间的缝隙。

就当是张许愿签了。

长假结束，路途最迢远的陈颖是最后回校的一位。她一进门便兴冲冲道："嗨，大家，我给你们带了点儿特产！"

胡牧远："什么东西？"

陈颖将行李箱在地上摊开，"你们看了就知道了。"

胡牧远和聂思臻一齐蹲在旁边，看陈颖先拿出几个油纸包裹的鲜花饼，又掏出一袋褐色的不明小虫，比食指还长一点，头部鼓着一双漆黑的大眼睛，虫身圆圆滚滚，环形体节油光发亮。

胡牧远往后退了一步，含蓄道："这未免有点猎奇了。"

聂思臻好奇地接了过来："这是什么？"

"油炸水蜻蜓。"

"这都能吃？"聂思臻神奇道。

陈颖："这有什么不能吃，更奇怪的我还没带呢，怕你们害怕。你们不知道，在我们那，一绿就是菜，一动就是肉，没什么不能吃的。"

胡牧远愣了愣，反应过来，和聂思臻一块儿笑倒在地上。

任倩婷只看了一眼，就别开了头。"你们享用吧，我就敬谢不敏了。"

"真的很好吃。"陈颖往嘴里丢了一个，嘎吱嘎吱两下就嚼完了，"又酥又香，还高蛋白，你俩试试嘛。"

"我试一个。"聂思臻捏着小虫的头，从尾巴开始咬起。

胡牧远也尝了一个，没有想象中小虫子的爆浆感，脆脆的，松松的，味道确实不错，但是，也不会让人有多留恋就是了。

"还有这个。"陈颖忽然又变出来一把矮矮胖胖的香蕉，"这个是董皓摘给我的。"她有些腼腆地闻了闻，"也不知道为什么，他家香蕉树上结出来的香蕉总是特别香，特别甜。"

胡牧远长长地"哦"了一声，和聂思臻对视一眼，都忍不住笑了。

她一本正经道："那确实不知道为什么，那谁知道呢，是吧，聂思臻，你知道吗？"

聂思臻装模作样地说："我可不知道。"

"是真的！"陈颖又羞又急，立时掰了两根下来，往前一送，"你们吃了就知道了。真没骗你们。"

胡牧远推拒："哎呀那我们怎么好意思吃。"

"快给我吃！"陈颖将香蕉硬塞到两人手上，又折了一根递给任倩婷，"任倩婷，你也试试吧，真的很好吃，跟你们平常吃的香蕉绝对不一样。"

"我不吃香蕉。"任倩婷皱着眉避开，"我从来不吃香蕉，也很讨厌香蕉的气味。闻了就想吐。"

"这样啊。"陈颖讪讪地收回手。

寝室里有几秒短暂的安静。

陈颖有些坐立难安："不好意思啊，之前没听你说过，我一直都不知道。"

"现在说也不迟。"任倩婷打开阳台门通风，"你们等会吃完，记得把垃圾倒了，放宿舍味道很重。"

"等会我去吧。"胡牧远朝陈颖笑了笑，"正好要下楼买点东西。"

聂思臻："我跟你一起。"

05 | 第五章

　　胡牧远的香蕉还没吃完，她一边有滋有味地咀嚼，一边和陈颖夸赞："你家董皓的香蕉果然不同凡响，这绵软的口感，这悠长的回甘，哎呀呀，我长这么大还从来没吃过这么可口的香蕉。"

　　聂思臻："可不是嘛，入口即化，柔嫩爽滑，甜而不腻，唇齿留香……"

　　任倩婷嗤笑一声："香蕉而已，你俩有必要陶醉成这样吗？不知道的还以为你们在吃什么奇珍异果呢。水果这种东西一分钱一分货，两块钱能买一大把的香蕉压根就不可能有什么丰富的口感，甜也是廉价的香甜。"她扫了一眼聂思臻桌角的塑料袋，"同理还有苹果，又硬又难吃，气味也不怎么样。我简直搞不懂为什么会有人买这些东西吃。"

"哇哦。"胡牧远坐直身体，她被任倩婷奇特的理论激起了胜负心，"那敢问你们家平时都吃什么水果？"

"我们家？我们家从来就只吃山竹、榴莲、车厘子……你要是吃过，就能理解我说的是什么意思。贵价水果和便宜水果之间就是有差别。"

胡牧远笑了："是吗？但是你这个逻辑有一个很大的漏洞。"

任倩婷："什么？"

"我知道。"聂思臻抢答，"香蕉并不总这么便宜，它曾经也是非常昂贵的所谓'贵价水果'。"

胡牧远惊喜道："对！"

任倩婷："不可能。"

胡牧远："真的啊。二十世纪九十年代那会儿，北方好多人见都没见过香蕉，要攒很久的钱，才舍得买一根，买回来切成片，跟家里人一片片分着吃。"

任倩婷愣了下，有些将信将疑："真的假的？你骗我。你又不是北方人，你怎么知道？"

胡牧远："书上看的。"

聂思臻："我是综艺里看的。"

胡牧远："而且我骗你干吗，你自己想一想不就通了。香蕉是热带水果，之前交通不便，运输成本高，卖到内陆来当然贵。怎么样，任倩婷，你现在知道香蕉曾经这么贵，香蕉在你心里的地位是不是一下子就拔高了？我看你从今天开始给自己做心理建设，很快就不会觉得香蕉难闻了，说不定还很爱吃呢。再说了，水果的价格又不会一成不变。好比你喜欢的山竹，在山竹的产地，难道跟棠城一样贵？家家户户都能种车厘子，难道车厘子还这么高价？到时你又该瞧不起车厘子，嫌人家随处可见，嫌人家便宜。"

胡牧远夹枪带棒的一番话说完，聂思臻差点爆笑出声，任倩婷的脸色却不怎么好看，她质问胡牧远："你什么意思？"

"没什么意思。"胡牧远耸耸肩，"就是反驳一下你用价格给水果划分高低贵贱的说法。——讨论而已嘛，别较真，别生气。"

"胡牧远，你这个人就是爱强词夺理。我跟你讲不通。"任倩婷其实早知自己的言论站不住脚，但她不愿服输。

胡牧远："别呀。各抒己见，畅所欲言，你有什么不同意的，尽管说。"

任倩婷："我懒得跟你争。"

胡牧远："哦。"

这场小风波带来的微妙氛围在第二天清晨只剩一点余韵，到晚上便消弭于无形了。

"你们吃巧克力吗？"任倩婷手心托着一个包装精美的礼盒，回头问自己的室友们，"我爸从日本带回来的。"

"谢谢。"胡牧远坐在床上，"但我刷了牙了。"

其实总体而言，任倩婷不是一个多难相处的人。胡牧远小小反省了一秒，自己昨晚是不是过于刻薄。

正式上了几周课后，胡牧远发现，相较其他如胶似漆的宿舍而言，她们四人稍微有点貌合神离。大家虽然同专业同班，但因为作息爱好迥异，基本不怎么集体行动。任倩婷是唯一的本地人，平时忙着约会，周末忙着回家。陈颖最用功上进，每天不是早早去自习，就是开会参加活动，常常神龙见首不见尾。聂思臻不爱出门，爱没日没夜地在网上遨游冲浪。她是选秀和综艺狂魔，从小学便开始拿着诺基亚投票，大大小小的韩综如数家珍。

胡牧远偶尔会被聂思臻拉着一起看。聂思臻墙头众多，各个年龄层都有涉猎，出来一个她就要给胡牧远科普。有的几句话就说完了，有的就要从九几年，她还未出生时开始讲起。哪个人、哪个团、在哪一年因为什么而出了道，他事业的转折、高潮、低谷分别在哪一个节点，从艺生涯有哪些代表作和流传的趣闻，聂思臻一清二楚，说得详尽又绘声绘色。

不止她喜欢的，大部分综艺节目的生命线聂思臻也了如指掌，它怎样诞生，因为什么而有了起色，哪几年是巅峰，巅峰时期怎样风光，又从哪一个节点开始走下坡路，节目的原PD[1]现在在干什么，原MC[2]现在是什么状况，聂思臻也全知道。她很有讲述的天分，不管对象是人还是事，她都说得像故事一样曲折，引人入胜，尤其某些由乌龙带来的时过境迁无法回转的遗憾，听来简直无限唏嘘。

任倩婷无法共情，她认为她们很无聊："聂思臻，你了解这么多有的没的有什么用？不觉得浪费时间吗？还有胡牧远，这种陈芝麻烂谷子，八百年前的事了，亏你也听得这么起劲。"

聂思臻忙着给胡牧远找偶像早年全盛时期的视频，敷衍道："对啊，我就爱浪费时间。"

胡牧远发自内心道："我觉得很有意思啊。"

---

1 Program Director，节目制作导演。
2 原意是emcee，即主持人。

任倩婷翻了个白眼，"你无药可救了。"

十月底，棠大一年一度的秋运会热火朝天地拉开了帷幕。窦彬月报名了百米短跑、四百米接力跑和一千五百米长跑。

组织报名的班长张梓文收到她的表格时，简直不敢相信自己的眼睛。天晓得她原来有多悲观——她早做好磨破嘴皮也说不动几人参加的心理准备，完全没想到窦彬月这么干脆，一口气报了一连串的田径项目。

张梓文一下喜出望外，将窦彬月视若掌中宝，同时不忘将她的事迹大肆宣扬，企图激励鼓舞更多人。

班上不少女生都为之震动，纷纷表示钦佩，并拒绝了参赛邀请。

只有吕盼勉强也报了一个接力跑。

到了正式比赛，运动场四周的观众席被瓜分成了大大小小的方阵，各院系都竖了专属旗帜，像泾渭分明的武林门派。

被强制圈在太阳下的新生们三五成群，嗑瓜子、吃零食、打扑克，闲闲散散像郊游。只有来自同院系的选手出战，才会激起一点集体荣誉感，扯着嗓子拼了命地呐喊。

窦彬月在气势如虹的加油声中跑完了一个又一个项目。她初中总赶不上巴士，要跑几公里去镇上上学，身体素质一直不错，尤其擅长跑步，因此都取得了不错的成绩。

张梓文对窦彬月拿的几个名次意外又惊喜，最后一场长跑，她和胡牧远一块儿跟着窦彬月，在草地上跑跑停停，见她稳稳领先众人冲过终点线，感动得都快哭了。

"太厉害了！"张梓文一脸崇拜地为窦彬月送上毛巾，"彬月，你太牛了！你就是我们班的骄傲！从今天起，你就是我的偶像！"

窦彬月脸红扑扑的，静静调整急促的呼吸。

胡牧远拧开手中的水，递给窦彬月，说："慢点喝。"

"什么都别说了。"张梓文拍拍窦彬月的肩，"这两天为系争光辛苦了，我跟隔壁班长都商量好了，今晚在百晟开两个大包厢，慰劳慰劳大家，请大家唱歌。"

窦彬月："我不会唱歌。"

"没事！我也不会唱，不唱也没关系，就是在一块儿放松一下，玩一玩嘛。"

窦彬月："我还是不去了。"

"不行！你劳苦功高，战功赫赫，一定要来！"张梓文又邀胡牧远，"你也一块儿来呗！"

"我不去。你们自己人庆祝，我去算怎么回事儿啊。"

"这有什么，今晚上肯定有人要带家属来。你是彬月的亲友团，一块儿庆祝那不名正言顺嘛。"张梓文忽然踮脚挥了挥手，喊了一声："章驰！"

胡牧远抬头，左前方迎面走来几位穿深色运动服的男生，章驰站在其中，头发剃得短短的，剑眉星目，神采奕奕，分外惹人注目。

"我先走了啊，你俩晚上记得来！"张梓文跑了过去。

胡牧远听见张梓文问了一句："章驰，你一会儿不是还有跳高吗？怎么还不去候场？"

章驰："我是第二组，不急。"

声音好像也不一样了。

胡牧远在他们经过后，又回头看了一眼。

"你去吗？"窦彬月问。

胡牧远："其实章驰是我小学同学。"

"啊？"

胡牧远被窦彬月的呆愣模样逗笑了，她将她微张的嘴合上："喂，有这么惊讶吗？"

窦彬月点点头，她忽然记起一件事："对哦，你之前讲过，你小学是在棠城读的。"

"嗯。"

"好奇妙啊。"窦彬月自己的求学历程是节节高的三级跳，最初启蒙的村小里的十几个同窗，能顺利读到高中都够呛，更别说在棠大遇见。"你那天怎么没说？"

"因为……说不说没什么所谓啊，小学同学而已。"

"多有缘啊，你要去和他打个招呼吗？"

"我疯了吗？"胡牧远笑道，"他显然不记得我了。我要是贸然过去跟人说你好，他说你哪位，我岂不是白白丢脸。"

窦彬月也笑了："怎么会？"

"算了吧，多一事不如少一事。"

"也是。"

沿着塑胶跑道走了会儿，窦彬月说："牧远，晚上你陪我一块儿去吧。"

胡牧远和窦彬月到时，两个包厢门都大开着，因为时间还早，人并不多，有人有一句没一句地在唱歌，有人围在桌边玩骰子。

"这儿！"吕盼朝两人招手，她和朋友早就过来了。

吕盼拿了一副扑克牌，拉着胡牧远和窦彬月玩十点半。

胡牧远："怎么玩啊？"

"很简单的。边玩边讲，玩一盘你就会了。这盘我先坐庄。"吕盼洗完牌，给周围四人加自己一人发了一张。

"好，现在大家可以看牌了。牌面上是几就是几点，A是1点，J、Q、K都看作半点，你可以选择不断加牌，但要承担爆炸的风险，只要超过十点半就算炸。最后开牌，谁最接近十点半谁就是赢家。"顿了顿，吕盼问。"有没有人要加牌？"

窦彬月："我要。"

吕盼给她发了一张，问其他人："你们呢？"

胡牧远拿了个8，保险起见，没有再加。另两个玩家一人要了一张。

……

几个人玩着玩着，包厢里坐的人越来越多。

胡牧远正低头琢磨牌面，忽听一经话筒放大的甜美女声道："章驰，你怎么这么晚才来呀？"

一时间，玩骰子的，玩牌的，玩手机的人都抬了头，有热闹可看。大家游戏玩得三心二意，索性都丢开了，兴致勃勃地一会儿看章驰，一会儿看拿话筒的女生。

吕盼小声和胡牧远说："她就是杨伊苗，之前跟你讲在追章驰的那个，攻势可猛烈啦。"

"我都等了你好久啦，来来来，章驰，陪我唱首歌。"

包厢上方留了一圈射灯，杨伊苗一路走过，身上的纱裙被照得流光溢彩，她散着长卷发，耳边别了两个珍珠发卡，脸蛋很小，五官好看又精致。

胡牧远小声和吕盼说："她好漂亮。"

有男生玩笑道："杨伊苗，运动会也没见你参赛呀，你这么积极干什么？"

"我来请大家吃东西呀，真是的，要你管。"杨伊苗坐在章驰旁边，塞给他一个话筒，"好不好？就陪我唱一首。"

章驰："唱什么？"

"就一首经典老歌，男女合唱曲目里经典中的经典，你肯定会唱的。"

朋友帮她切了歌，伴着熟悉的前奏音，大屏幕上浮现了歌名，是潘玮柏和弦子的《不得不爱》。

有人打趣道："杨伊苗，你居心不良吧你。"

杨伊苗大方承认："是啊。不明显吗？我都快围着章驰拉横幅了，章驰，你说是不是？"

章驰："这歌我不熟。"

杨伊苗："没关系，我带着你唱。"

章驰到底没放话筒，和杨伊苗一起唱完了这首甜甜蜜蜜的情歌。

杨伊苗的声线和这歌很搭，她把歌词当表白唱，每一句都像刚从蜜里沾过，甜得不得了。

章驰大概真的不怎么会，词接得有一搭没一搭。他唱歌的声音没有平时说话那样正，懒懒的，状态很松弛。

一曲唱毕，有人鼓掌起哄，章驰在话筒里问："下一首《阴天》谁的？"

"我的我的。"吕盼接了过来，她老早就点了歌，这会儿才被顶上来。

吕盼唱完歌，又坐去了点歌台。她划了两下屏幕，转身朝窦彬月喊话："彬月，你要不要唱一首？"

　　窦彬月连连摆手："不了不了。"

　　吕盼知道窦彬月腼腆，某些时候有点依赖胡牧远，又朝胡牧远喊："胡牧远，你要不要唱？"

　　胡牧远摇头："不要。"

　　吕盼还要劝："来嘛，胡牧远，你点一首，带着彬月一块儿唱嘛。"

　　胡牧远索性直接过去，和吕盼贴耳说了几句话。

　　"那好吧。"吕盼不再勉强。

　　胡牧远走回座位时，很明显地察觉到有道视线一直跟着她移动。她一侧头，和章驰微抬的双眼直直对上，两人隔着喧闹的杂音和流转的灯光对视了两秒钟，胡牧远率先移开目光，章驰却没有，他一直看着她，直到她坐下。

　　章驰忽然起身，越过茶几走了过来。

　　胡牧远其实并不确定他是不是冲自己而来，她不知道怎么想的，也跟着站起，快步往外走。

　　沉重的大门在身后合上。

　　"胡牧远！"

　　章驰跟了出来。

　　他两步就追上了她。

　　胡牧远很镇定，指了指不远处的小阳台："去那儿说。"

百晟二楼临街的廊道有不少延伸出去的弧形阳台，铺了复古的印花地砖，围了白瓷护栏，虽然不大，站两个人倒绰绰有余。

"好久不见啊，章驰。"

"真是你啊，胡牧远。"

由于种种原因，章驰一直记得胡牧远。最初听见有人叫她名字时，他以为是巧合。但这三字并不常见，也不太好念，容易吞音，章驰记得他还给人家取过一个外号。所以他还是朝应声的方向看了一眼。

摇头的女孩没戴眼镜，乌黑长发随意地拢在耳后，侧脸白皙清秀，和他印象中那个总乱七八糟的女同学天差地别。

但章驰还是认了出来。

胡牧远趴在他家三楼睡着的好几个下午，他帮她取过眼镜，那会儿她的脸还圆圆的，没有眼前人这样清晰的下颌线，但两张脸庞的大致线条是能重合的。

如果说开始还有半分拿不准，和胡牧远对视之后，章驰便百分百确定了。

并且，他没猜错的话，胡牧远早就认出了他。她看着一点都不意外。

"没想到这么巧，在这儿都能遇见。"胡牧远笑道，"世界可真小。是吧？"

"我之前怎么没见过你。"

"哦，我陪朋友来的。我不是你们系的。"

"你在哪？"

"文学院。"

"你什么时候认出我的？"

"啊？"胡牧远有点措手不及。

章驰背靠护栏，手肘撑在平台上，姿态是放松的，说话时的神情却又不是那么回事，他一直专注地看着她，看得胡牧远有几分紧张。

她说："没有啊，就刚刚，你唱歌的时候认出来的。"

"如果我不叫你，你是不是打算装不认识啊。"

是啊，但她也不是故意。胡牧远含糊道："我不确定嘛。"她看了眼手机，"朋友给我发消息了，不如我们先回去吧，下次再聊。"

章驰："加个好友吧。"

"哦，好。"

"有空一块儿出来玩。"

"OK。"

回包厢坐了没多久，胡牧远和窦彬月便打道回府了。

两人下楼梯时，正巧碰见杨伊苗拽着章驰的衣服撒娇："章驰啊，我到底还要多久才能追到你啊——章驰啊章驰，不是说女追男隔层纱吗，怎么到你这就不管用呢？你是不是一块铁纱啊你，我怎么就过不去啊我——我去练铁砂掌算了呜呜呜——"

胡牧远听着听着忍不住笑了，她觉得杨伊苗挺可爱的。

章驰回头，似乎没想到是她，眼神有一瞬的意外。胡牧远怕他误会，特意将心声夸了出来："你女朋友很可爱。"

杨伊苗更理直气壮了："看见没有，大家都祝福我们哪，都觉得我们天造地设啊，章驰啊，哥哥啊，你就从了我吧，我可吃尽你的苦啦。"

章驰："你先站好。"

"我不。"

……

胡牧远再次见到章驰，已是十一月下旬。

《文学概论》的原定教室因为空调整修，临时调整去了相距不远的荟英楼上课。

胡牧远抱着书贴墙而立，打算等这波人潮过完了再行进。——她来早了，走到一半正赶上下课铃响。

忽然有人拿书敲了一下她的脑袋。

胡牧远抬头，章驰站在她面前，手中是卷成圆筒的教材："你在这发什么呆？"

"谁发呆了，我想等人少点再走。"

"你在哪间教室？"

"四〇——"胡牧远不能确定，打开手机看了看，"409。"

章驰挑眉，一时没说话，嘴角却微微上扬。

胡牧远有些莫名："干吗？"

"你走反了。胡牧远，都上了两个月课了，还分不清左右，你方向感是不是太差了点？"

任倩婷站在楼梯口，视线往廊道两边一扫，很容易便注意到了章驰。

起初草草一眼，任倩婷并未如何，细看时才记起她见过他。

那是一年前的暑假了，好友带着她从补习班逃课，跑去广场玩，那儿那天恰好有场小型音乐节，棠城大大小小有点名头的乐队都来了。任倩婷没有好友那样狂热，甚至觉得他们又蹦又跳又喊又叫的有些吵闹。她百无聊赖地坐在观众席的最边缘，只在新乐队上台时瞧两眼。

玩乐队的男生普遍其貌不扬，长相欠奉的更大有人在，难怪要玩音乐，任倩婷扫一眼台下冒星星眼的女生们，有些刻薄地想。

就在她要耗尽耐心时，章驰出现了。他穿着印花衬衫，戴了顶扎染的蓝色渔夫帽，面无表情地坐在崭新锃亮的架子鼓后，像一抹油彩落在寡淡的黑白画，也像一缕风拂过燠热盛夏，叫任倩婷至今难忘。真是奇怪，他那身装扮明明轻佻，穿在他身上却一点不显得浮夸。

"咚！嚓！"

伴着两声急促的落点，他手中的木质鼓棒像有了生命，跟着灵活手腕翻飞重击，游刃有余地在鼓面和吊镲之间转换。除了弹吉他的主唱外，键盘和贝斯手或多或少都开口唱了歌，只有他，从头到尾不发一言，不知道多酷多冷峻。任倩婷那会儿其实有喜欢的男生，却依旧无法将目光从他身上离开，他在台上敲了多久，她就看了多久，曲目结束她径直找了过去，人却不见了。主唱说鼓手并非乐队成员，只是一个临时来玩的朋友，她要联系方式，对方却只是笑，说有缘分会再见的。

原来缘分在这里。

任倩婷饶有兴致的目光绕着章驰转了几圈，又转回他轮廓分明的侧脸。然后，任倩婷蓦地发现，这人说话的对象是自己的室友。

上天对她真是不薄。任倩婷几乎要笑出声来了，她想，"幸运"这个词简直像为她量身打造。

"胡牧远！"

任倩婷眉眼带笑，在两人的注视中，不紧不慢地走了过去。

那两人却不知怎么，像约好了似的，齐齐向自己走来。

任倩婷心跳加快，并不看章驰，只笑吟吟地歪头问胡牧远："怎么了？"

胡牧远在她面前停下，章驰却目不斜视，直接经过了她。

"教室在那头。"胡牧远说。

任倩婷有些失望地望了眼三两步便消失在楼梯拐角的身影。

她问："胡牧远，刚刚和你说话那男生是谁啊？"

"你真要追他？"

阶梯教室一个不起眼的角落里，胡牧远压低声，不可置信地反问任倩婷。

"怎么，不可以吗？胡牧远，你该不会也对章驰有意思吧？"

"是啊是啊。"胡牧远面无表情道，"我从小学就暗恋他，这么多年一直念念不忘。"

聂思臻扑哧一笑。

"喊，鬼才信。"任倩婷朝胡牧远伸手，"给我看看他朋友圈。"

"你认真的？"

"当然。"

"为什么？"胡牧远大惑不解。

"我喜欢他。"

"就凭一面之缘？"

"不然呢？胡牧远，你好奇怪，难道你相信日久生情？"

聂思臻："日久生情怎么了？"

任倩婷："反正在我这，只有一见钟情是爱情。"

胡牧远："他也许有女朋友。"

"那又怎样？"任倩婷不以为然，"难道我没有男朋友吗？"

胡牧远无言以对。

聂思臻："原来你记得，我差点以为你忘了。"

任倩婷："我早想分了。一直没碰到顺眼的而已。"她情不自禁地感叹，"原来我的新姻缘在这里，原来空调维修是为了成全我。"

胡牧远和聂思臻不约而同地露出迷惑的表情。

"随你。但我跟他不熟，你追你的，别指望我能帮什么忙。"

"至少比我熟，别想躲，胡牧远，你就是我的突破口。"

"我不。你自己找当事人突破去。我把他微信推给你。"

"不行，这种级别的帅哥，网聊没可能的。要讲技巧，不能一上来就这么直白。"

聂思臻："加个好友而已，怎么就直白了？"

"这你就不懂了。"任倩婷皮笑肉不笑道，"对于我们这种走到哪都会被搭讪的人来说，太明白好友请求意味着什么了。我先主动加他，我就落了下风。"

聂思臻："哇哦，任倩婷，八字还没磨墨水，你这就心理博弈上了？"

"懒得理你。胡牧远，快啊，给我看看章驰的朋友圈。"任倩婷催她。

聂思臻也凑过来："我倒要看看是什么天香国色。"

"哪那么夸张，我觉得就还好吧也。"胡牧远点开和章驰的对话框，"而且他好像没发过照片。"

任倩婷："你们一句天没聊啊？"

胡牧远："是啊。陌生程度可见一斑。"

章驰的朋友圈完全开放，一划拉就到了几年前，干净到萧条，寥寥可数的几条动态里，分享了两首歌，转发了一则某律师事务所的文章，几乎没什么私人化的内容。

聂思臻："啧，真有够无趣的。"

任倩婷打开音乐软件，照着章驰的分享，将歌名一一输入，收藏。又点开他发的唯一一张风景照，反反复复地放大缩小。

"你小心点。"胡牧远看得忧心，"等会儿被发现就不好了。"

"有什么关系，朋友圈又没有访问记录。"

"我怕你不小心点了赞。任倩婷，你直接把照片发过去，在你自己手机上看啊。"

"你们看得出这是在哪吗？"任倩婷将手机推至桌面正中央。

屏幕上的画面摄于车内，近在咫尺的是一片数量可观的羊群，昂扬着犄角，视明黄的公路护栏如无物，贴着静止的车身在柏油路上穿行，远处是青绿的草原和连绵的群山，鲜明又趣味十足。

"难度不大。"聂思臻说，"不是在西藏就是在新疆，不是在青海就是在内蒙古。"

胡牧远补充："还可能在四川。"

"对。五猜一，概率还行。任倩婷，你押哪个？我盲猜山东。"

"无聊。"任倩婷白了她一眼，"胡牧远，你不是有个好朋友在法学院吗？让她给你发一张课表。"

"她跟章驰又不在一个班。"

"总有公共课要一起上吧？"

"有没有搞错啊。"胡牧远忍不住了，"任倩婷，你能不能照照镜子？你知不知道你长了一张什么脸？美女，大美女，你靠脸就能无往不利，大杀四方了，为什么要做这些鸡零狗碎的事情？请你端起一点作为美女的架子好吗？"

聂思臻惊奇地看着她："你好会夸啊胡牧远。可以也夸夸我吗？我可以付费。"

任倩婷不为所动，她平静道："在感情里自大是没有好下场的。"

她曾经狠狠长过一次教训，以后再不会了。

"虽然从小到大我看上谁，谁就一定是我的。但皮囊带来的迷恋是无法持久的，我要我看中的男生身心都为我臣服，由衷地坚信我们天生一对。"

聂思臻："好中二的女王宣言。"

胡牧远："加油。"

任倩婷话说得势在必得，实际进度却一直停滞不前。

胡牧远置身事外，对任倩婷的追人大计毫不关心。

几场如针如箭的萧瑟冬雨过后，棠城晴了好一阵。

胡牧远和窦彬月常常会在阳光明媚的午后，约着一块儿去教学楼找空教室自习。

胡牧远喜欢坐在前两排，离电源插孔较近的窗边。

窦彬月偶尔会站在讲桌旁，用各色粉笔在黑板上梳理才研读过的案件的主体关系，有时还会让唯一的观众胡牧远帮着听听看她讲得是否清楚。

前几场情感类的民事或刑事纠纷，胡牧远很容易便理解了。今次窦彬月讲了个复杂陌生、牵连诸多公司的经济案件，胡牧远听了半天依旧云里雾里，彬月难免有些挫败。

胡牧远赶紧说："是我的问题。"

"你朋友太笨了。"

一道略带沙哑的男声突然在教室后方响起。

胡牧远和窦彬月都被吓了一跳，两人齐齐转头，看见一身着烟灰色毛衣的男生在最后一排坐了起来，他显然刚刚睡醒，眼睛还未完全睁开。

窦彬月认出来人，愕然道："学……学长。"

"嗯。"李雨洲应了一声，"你认识我？"

窦彬月当然认识他，法学系绝大部分女生都知道李雨洲，而窦彬月之所以记住了他，是因为上周的模拟法庭对抗赛，担任审判长的李雨洲在最后的评议与宣判环节，有一番令她印象十分深刻的发言。

等会儿，上周。窦彬月捏紧手中的资料，迅速意识到他刚才听见的是什么。彬月的脸瞬间红到了脖子根，感到一股班门弄斧的羞耻，她只希望此刻有人能施一道魔法将黑板上密密麻麻的字体抹除。怎么会有这么离谱的事情？

果然李雨洲问到了："上周那场比赛你看了？"

窦彬月："嗯。"

"如果是你，你怎么总结争议焦点？"

窦彬月张了张嘴，却什么也没说出来，她看了一眼牧远，犹豫着想走下讲台。

"别动。"李雨洲的口吻温和又强势，将彬月定在了原地，"就站那讲。你慌什么？我又不是洪水猛兽，你怎么想就怎么说。"

窦彬月不慌，她只是不擅长在人前展露自己。

算了。窦彬月慢慢道："要先明确原被告的主张，再归纳……"

几番问答之后，李雨洲问她："你是新生？叫什么名字？"

窦彬月说完，李雨洲云淡风轻道："要不要来循实学社？"

窦彬月被突如其来的橄榄枝给抛蒙了，她当然听过循实学社的大名，可是她一个无名小卒何德何能。她脱口问了句："为什么啊？"

李雨洲没有回答，他只问她："过段时间院里有个'青苗杯'，你参不参赛？"

窦彬月摇摇头："我没有经验，我不会。而且……"

"怕什么？"李雨洲打断她，"这比赛面向全校新生你不知道吗？大家都是菜鸡，谁还能比谁强？"

"哦。"

"你等会儿有时间吗？"

"有。"

"那正好跟我去开会。大家认识一下，你再看要不要来。"

"去啊。"胡牧远鼓励好友。

窦彬月点点头。

窦彬月走后，胡牧远继续和新近构思的短篇小说搏斗。

胡牧远自暑假从姑姑那儿收到作为升学礼物的笔记本电脑后，一有空闲便打开文档敲敲打打，有时记楼下邻居一次吵架的始末，有时记梦中光怪陆离的画面。混乱无序的文档越积越多，她的手速也越来越快，渐渐已完全能跟上脑海中文字流淌的速度。

章驰找过来时，未见其人，先听见了噼里啪啦的键盘敲击声。

胡牧远坐在窗边，十指如飞，专心致志，并未察觉到后门有人走近。

故事进展至关键情节，胡牧远思绪受阻，怎样表述都觉得词不达意，她拧着眉往后一靠，右手无意识地折磨起了颈侧垂落的长发。

章驰立在原地，看了她一会儿，他想起小时候，他坐在她身后，每次作文课，胡牧远也是这样，低头奋笔疾书一阵，就要停下来揪头发，仿佛十分苦恼，只不过那会儿她的头发总是长不长，在指尖缠不了两圈便散开。

扯了会儿头发，胡牧远振作起来，三两下将散落的乱发一把抓，在头顶揪了个卷。

晚上，窦彬月到胡牧远的宿舍找她，略带兴奋地告诉她自己已成为循实学社的一员。

"那很好啊。"胡牧远为她高兴，"能和一帮志同道合的朋友做喜欢的事，多好啊。省得每次跟我对牛弹琴。"

"学长约大家这周末一块儿去西鹜山玩，就当是团建。章驰让我把你也叫上。"

"章驰？他也在吗？"

"是啊。"窦彬月奇怪道，"你下午没看见他吗？"

"没啊。"

"啊，他问我你在哪间教室，我还以为他来找过你。"

"没有。不过你们内部活动，我去不太好吧。"

"没事的。学长说出去玩越热闹越好，大家都可以带朋友。"

"西鹜山风景不错的。"任倩婷加入了话题，"说起来我也好久没去了。窦彬月，你们约的几点？"

窦彬月："上午九点。"

任倩婷看向胡牧远，跃跃欲试道："一起去呗。我正好有空。"

聂思臻："是咯，那你肯定有空了。"

胡牧远好笑道："屋内都自己人，还有必要弄这种话术吗任倩婷同学？"

任倩婷："适当包装一下怎么了，真是的。"

西鹜山面积不大，说是山，其实更像个位于市区的丘陵，山上既有枫林石壁等自然景观，又有历代形成的人文景点，建筑与植株交相映衬，是周边几所大学的后花园。

因为距离太近，循实学社众人直接约在西鹜山南门标志性的木雕旁见面。

胡牧远三人到时，木雕周边空无一人。但西鹜山已经挺热闹了，晨练的下山，家庭出游的上山，卖小物件的来回转圈，观光车站边排起了小队，吵吵嚷嚷的，像煮开了的锅。

任倩婷抱怨道："看吧，我就说不用这么早。"

胡牧远："总比迟到好。"

"学姐好。"窦彬月向一迎面走来的高挑女生拘谨问好。

"嗯。"陶君竹点了点头。她未看胡牧远和任倩婷，一站定便打开了手机，窦彬月不好突兀地为两边做介绍，四个人只得缄默地站着。

好在陆陆续续又有人来，有的随意冷淡，有的热情外向，但无一例外，都对任倩婷表露出了超乎寻常的关注，胡牧远站在她身边，难免受到不少视线的波及。

几个人正聊着，李雨洲和章驰一前一后，踩着点跑了过来。

章驰穿了件宽松的灰色卫衣，肩膀宽阔，身形修长，一阵风似的就到了眼前。

胡牧远多看了两眼他卡其色的灯芯绒长裤，悄悄和窦彬月咬耳朵："章驰的裤子还怪好看的。"

"嗯。"窦彬月有些不安，"牧远，我发现一件事。怎么就我带了朋友？"

在场拢共十来个人，除了窦彬月，全是打单来的。

胡牧远："还带了两个。"

窦彬月怀疑道："难道我听错了？"

胡牧远推测道："也许是这样，学长学姐的朋友们都来过西鹙山，不稀罕。新社员又只有你跟章驰两个，然后章驰没朋友。"

窦彬月忍俊不禁："你小声点，等会儿他听见了。"

"怎么可能，他现在忙着呢。"

任倩婷早就无声无息地去了章驰身边，两人正聊着天。

"你俩说什么悄悄话呢？"李雨洲看了过来。

"没有啊。"胡牧远随口道，"我问彬月一共有多少人来着。"

"差不多了。还有几个有事不来。大家怎么上去？坐观光车还是走楼梯？"

陶君竹："我要坐车。"

"你呢？"章驰隔了几个人问胡牧远。

胡牧远："坐车啊。"

章驰："这么懒。"

"是啊。"

"坐车挺好的。"任倩婷说，"走楼梯磨损膝盖，有害健康。章驰，你应该也坐车吧？"

章驰："嗯。"

几乎所有人都选了坐车。李雨洲让大家上山之后随便逛逛，晒晒太阳，十点钟揽瑞亭会合。

观光车一排恰好能坐两人，选座时，胡牧远拉着窦彬月磨磨蹭蹭，有意落在末尾。

任倩婷和章驰先后上车，如愿坐在了同一排。

见胡牧远要乘另一辆车，任倩婷转过头来嗔怪道："胡牧远，你们就这样将我抛下了吗？"

胡牧远横了她一眼，示意她少得了便宜卖乖，任倩婷冲她眨眨眼。

结果胡牧远身前的几位男生十分善解人意地主动让开了："那你们俩先上吧，跟朋友坐一块儿。"

观光车起步之后，缓缓驶入了专用坡道，道旁山林不少树种都已变色凋零，只有沿路种植的香樟依旧苍翠挺拔，郁郁葱葱，盘曲交错的枝丫和稠密的树叶在宽敞清静的柏油路上空撑出一把绿得发暗的巨伞，地也成了点缀着大小光斑的墨绿锦缎。

离人群越远，周边越静，静到胡牧远能听清任倩婷轻快的哼唱。

最近这段时间，任倩婷时常会在宿舍循环播放某乐队的歌单，饶是对音乐迟钝无比的音痴胡牧远，也不知不觉熟悉了其中不少曲目的旋律。

章驰一定也听见了，他应该会觉得惊喜吧，他怎么还不问她？

胡牧远正胡思乱想，未料章驰忽然侧身和她说话："胡牧远，你那天在写什么？"

"嗯？"胡牧远没听清，她身体前倾，攀着椅背问他，"你说什么？"

"我说——"章驰回头，话音停顿了一瞬。

胡牧远离他太近了，她一眨不眨地看着他，瞳仁乌黑，眼尾内双，像小猫一样。

章驰一下忘了自己要问什么。

胡牧远："说呀。"

章驰看了她几秒，说："你怎么不戴眼镜了？"

林间漏下的阳光自她双目间一闪而过，胡牧远飞速垂眼，细密微翘的睫毛像蝴蝶的羽翼扇过章驰的鼻息。

"出来玩戴了隐形。怎么了？"

"没怎么。"章驰说，"不大习惯。"

胡牧远有些不自在地坐正，与他拉开距离。

"很奇怪吗？"她问。

"嗯。"章驰应了声，也坐正了身体。

是很奇怪。

西鹜山山顶南北各有一个方正宽阔的观景台，除了和道路相连的部分，都围了石刻浮雕护栏。

胡牧远一车人下来时，南观景台的游人并不多，三三两两地分散在周边的石凳上。

胡牧远和窦彬月都是第一次来，东张西望地走了没几步，便拐进了侧边的月亮门。

门后一左一右各有一条小径，一条通往山下，一条通往中心景点八角塔。

两人一边聊天一边慢慢悠悠地往前走。

窦彬月说起汪彦博："他最近不知道怎么了，学习状态特别差，以往错题我讲一遍他就会了，现在同样的题型总是一错再错。昨天我看了他最近一次测验，竟然才刚刚及格。"

胡牧远："你问他了吗？"

"问了。他说不会就是不会，让我再讲。"窦彬月有些无奈，"我怕我再这么讲下去，他连及格都考不了了。"

"会不会是早恋了？"

"不像。谈恋爱应该每天都很开心吧，可他看着心事重重的，不过也有可能咯，我不知道。"

"真的啊。"胡牧远笑了，"有多开心啊？"

"这不是重点。"窦彬月脸一红，"真是的，老笑我，你自己试试不就知道了。"

"我和谁试？"胡牧远做作地叹了口气，"我这不是门庭冷落，无人问津嘛。"

"少来。"彬月冷不丁问："蒋凌竹还给你寄东西吗？"

"没啊。很久没联系了。"

绕过一小片笔直的桉树林，两人和支路上来的李雨洲迎面遇上。

"巧啊。"李雨洲三两步走了过来。

两人问了好："学长。"

李雨洲："一块儿过去吧。"

狭窄小道容不下三人并排行进，胡牧远主动落后一步，任时不时要聊两句的李雨洲和窦彬月走在一块儿。

李雨洲问彬月的问题五花八门：在哪读的高中，为什么想学法，平时对什么感兴趣，偏好的菜系和口味是什么。

彬月一一答完，揽瑞亭已近在眼前。

揽瑞亭由六根滚圆的红漆柱和几尾飞檐翘角组成，柱与柱之间连着长椅，与仿古建筑里常见的小亭没什么不同。

"你们俩终于来了。"任倩婷朝胡牧远招手，"牧远，坐这来。"

任倩婷和循实学社一个戴棒球帽的男生同坐在背阴处，章驰在她对面，正和陶君竹一块儿浏览平板，闻言抬头看了一眼胡牧远。

"你怎么走着走着，一眨眼就不见了。"任倩婷小声道。

"给你发挥空间咯。"胡牧远更小声道。

"你怎么回事。"李雨洲没收了陶君竹的平板，"难得出来一趟，怎么不务正业呢。"

陶君竹："还我。"

李雨洲："不给。几百来页的材料，不差这一时半会儿，下午再说。"

陶君竹："反正干等着也没事做。"

"咱们玩游戏呗。"一穿深蓝棒球服的男生提议道，"先来几盘'Never Ever'，输了的真心话大冒险。怎么样，郡主，玩不玩？"

陶君竹："随便。"

"你们呢？"他又问其他人。

窦彬月："怎么玩？"

"很容易的。先把右手举起来，一根手指一条命。我说一件没做过的事，如果你做过，就折下一根手指，或者我说一件做过的事，你没做过，也折一根手指。要百分百诚心，绝对不能说谎哦。"

李雨洲："注意尺度啊朱彬。"

"知道。洲哥，不如你开个头。"

"那我先说个杀伤力小的。我上山没坐车。"

"卑鄙啊。"

一片哀叹过后，众人全军覆没。

陶君竹："我带了平板。"

朱彬："这也行？"

陶君竹："你有意见？"

"那倒没有。"朱彬笑嘻嘻道，"我没留过长发。"

"哎，过分了啊。"任倩婷跺着脚抱怨道，"我这都只剩两根了。"

男生们都笑了起来，棒球帽男生安慰道："别急别急，这回让你说。"

任倩婷想了想，大大方方道："在场的男生中有我的理想型。"

"哟哟哟。"起哄声一下大了起来，有人问："谁啊？"

朱彬："是谁你看不出来啊？"

"废话少说。"任倩婷笑道，"怎么你们一个个都不动啊，难道你们在男生中也有理想型？"

"哦——"男生们绕过弯来，"原来这是个坑。"

"太坑了。"

胡牧远和窦彬月也弯了手指，只有陶君竹纹丝不动。

朱彬大吃一惊："郡主，我们几个中有你的理想型？是谁？"他左右看看，"真的假的？不会吧？"

胡牧远也笑眯眯地看戏，陶君竹看着冷冷的，好像没有七情六欲，在场一共才四个男生，会是谁呢，她一一看过去，不期然对上章驰的目光。

他视线下移，扫了一眼她孤零零仅存的小指。胡牧远心下咯噔，登时觉得不妙，毕竟全场只有她回回中招，如今命悬一线。

果然，章驰说："我没戴过隐形眼镜。"

胡牧远："……"

胡牧远不情不愿地弯下小拇指。

"哦哦，第一个幸运儿出现了。"

胡牧远："好吧，我选真心话。"

章驰："你的理想型是谁？"

胡牧远愣了愣，没有立时回答。

别人看着胡牧远，李雨洲却挑眉看向章驰。

"医生。"任倩婷帮她回答了："胡牧远喜欢医生。"

"这么具体？"朱彬玩笑，"是不是喜欢的男生读了医啊。"

任倩婷："我也怀疑是。"

胡牧远只在一次宿舍夜聊时说起过偏好的未来另一半的职业，没想到会被任倩婷这样说出来，

她摸了摸鼻子："不是啊，就是对医生有天然好感。"

"哎，这就巧了。"李雨洲故意道，"章驰，你把周沅林介绍给胡牧远认识呗。"

任倩婷："周沅林是谁？"

"我高中学弟，章驰同班同学，就在棠大医学院。"

"行啊。"胡牧远怕这调侃没完没了，索性坦然道，"别光说说而已，把微信推过来呗。"

"推啊。"李雨洲拍章驰的肩。

章驰不咸不淡地瞥了他一眼，拂开他的手。

"下一轮谁开始？"他问。

又玩了几回合，循实学社成员逐渐来齐，胡牧远借接电话的由头，从人群中退了出去。

她坐在八角塔外沿的石栏杆上，和田昱宪闲聊天。

田昱宪的话一如既往的多，先问她在哪在干什么，听闻她在山上，便让她拍照给他也欣赏欣赏。接着一路从他们学校新近发生的好玩事说到他新交的女朋友，说完问她有没有新情况。

"什么情况？"

"没什么。"田昱宪又不问了，"哎，胡牧远，元旦放假，我来棠大找你玩怎么样？带我女朋友一块儿，正好她也想来棠城玩。"

"行啊。"

"那就这么说定了。"

挂断电话，胡牧远挺直脊背，居高临下地俯瞰西鹜山，初冬山景也挺不错，天空高渺清澄，坡上林立的树种繁杂不一，红橙黄绿间或有之，别有一番旖旎风貌。

胡牧远举起手机拍了两张，总觉得镜头里的色彩不如眼前看到的浓郁生动。

她打开自带滤镜的拍摄软件，正要人工优化，颈侧忽然伸过来一只骨节分明的手，胡牧远转头，被章驰按着脸颊回正。

"看好。"

章驰站在她身后，几乎将她拢在怀里，却没有触碰到她。他在她手机屏幕上点了两下，改了她原相机的拍摄模式。

相较之前，画面里的山景显然鲜明了不少。

胡牧远："哦。"

章驰收手退后，斜靠在石柱上，看见她将照片发了出去。

"发给谁啊。"他问。

"一个同学。你怎么过来了？"

"准备走了。"

"这么快？"胡牧远撑着石板跳了下来。

下山之前，循实学社众成员和闲杂人等胡牧远、任倩婷一块儿合了张影。

"完工。"朱彬跟几个男生并肩往前走，"洲哥，先走了啊。"

"行。"李雨洲转头问胡牧远，"你下午没别的事吧？"不等她回答，他又接着道，"等会儿一起吃饭，吃完帮我们整理几份资料。"

"哎……"胡牧远将任倩婷推出去，"她可以去。我——"

任倩婷："我已经答应了。"

李雨洲："看看人家的觉悟。"

"我什么都不懂，会拖后腿的。学长，你在新生群里发个通知呗，一定一大把的人愿意来。"

"懒得发。"

窦彬月小声道："牧远，学长外卖都给你点好了。"

胡牧远："……"

李雨洲："不用谢。走吧，不然一会儿送到了，人不在家。"

"哪有这么强买强卖的嘛。"胡牧远碎碎念。

李雨洲当没听见，他问她："你刚和谁打电话呢，笑那么开心？"

胡牧远："这你都看见了？"

李雨洲："怎么看不见。不光我看见了，章驰也看见了，是吧章驰？"

八角塔和揽瑞亭斜相对，李雨洲和章驰坐的那一面，恰好能看见胡牧远的侧脸。本来他不知道，架不住有人心不在焉啊。

"嗯。"章驰也问她，"你跟谁聊天呢？"

"就同学啊，初中同学。"

"我也是你同学。你跟我怎么没话说。"

"也没有吧。"胡牧远打了个哈哈，喊了一声不远处的任倩婷。

任倩婷回头，胡牧远已跑上前去。

"你不是要追人吗？干吗走这么快？"她小声道。

"太上赶着了怎么行？"任倩婷自有一套理论。

西鹜别苑位于西鹜山和棠大之间，是近几年才拔地而起的高端小区。

李雨洲父母起初购置房产，说是为了送儿子做初升高礼物，其实是变相施压。而李雨洲为了不辜负这套上下近四百平的复式公寓，只好半推半就的将志愿填在棠大。

李雨洲家餐桌华丽厚实，布满暗纹的大理石台面在水晶灯下熠熠生辉，围坐十几个人依旧绰有余裕。

不多时，外卖接二连三送上了门。

胡牧远和窦彬月那份是李雨洲在两人不知情的情况下点的，他问她们："合口味吗？彬月之前说你俩都爱吃辣，特意给你们点了川菜。"

"嗯。"胡牧远将一小截小米辣放进嘴里，"挺好的。谢谢。"

李雨洲怀疑自己看错："你直接吃辣椒啊？"

"是啊。"

胡牧远面不改色地嚼完，咽下，她很喜欢咬断小米辣时唇齿间爆发的生辣刺激感。

李雨洲遗憾道："那可完了。"

任倩婷问："谁完了？"

"没谁。哎，东西不用收拾。"李雨洲制止窦彬月，"放桌上别管。你先跟他们上楼。"

窦彬月："我等牧远一起。"

胡牧远从洗手间出来，正碰上章驰在门口换鞋。

胡牧远随口问了一句："你要出去啊？"

章驰朝她招手："过来。"

胡牧远边走边问："干吗？"

"陪我出去一趟。"

"去哪？"

"去西门拿东西。"

"东西很多吗？"

"嗯。"章驰含糊应了声。

"等等。"胡牧远噔噔噔跑走了。

章驰等了两分钟，没等来胡牧远，过来的是任倩婷。

她说："章驰，牧远刚和我说，你叫我跟你去一趟西门。"

章驰忍不住咬了咬牙，在心底哼笑一声。

李雨洲二楼书房内有一张巨长的实木书桌，胡牧远坐在窦彬月身边，帮她归纳刚打印出来的，还热乎乎的案例卷宗。

不多时，任倩婷和章驰推开门走了进来。

任倩婷双手空空，章驰拿了几个有一定厚度的牛皮纸档案袋。

胡牧远翻着翻着，手就撑上了脸颊，什么条例什么合法性，弯弯绕绕的，实在提不起她的兴趣，她读着犯困。

"我下去倒杯热水。"胡牧远问窦彬月，"你要不要？"

窦彬月："好。"

胡牧远拿了两个玻璃杯，刚洗净一个，门边投来阴影，章驰也进了厨房。

他没拿东西，也没说话，只双手抱胸，倚在近门的餐台边，看着胡牧远。

"你要用水吗？"胡牧远问。

"你洗啊。"章驰说。

胡牧远加快动作，而后拎着杯子正要出去，章驰忽然起身，往过道中间一站，拦住了她的去路。

胡牧远吓了一跳，她差点撞上他。

"让一下，章驰。"

章驰非但不让，还往前进了一步，胡牧远不由自主地退后，他抽走了她的杯子，将她困在台面与身体之间。

"干什么？"她瞪着他。

"胡牧远，我叫的是你还是你室友，你心里不清楚？"

这倒确实是她不对。胡牧远因心虚而矮一截，她说："你反正随手抓壮丁，谁去不是去？她去两全其美啊。"

"全谁的美？"章驰气笑了，"你主业大学生，副业当红娘？"

胡牧远："你知道啊。"

"你这么热心，傻子都知道了。"章驰冷冷道，"我是不是还要投桃报李？"

胡牧远看出了章驰的不高兴，却不知他为何不高兴。她说："也行啊，你还没把周沅林的微信推给我呢。"

"原来是为这个。"章驰低头逼近她，轻声道，"你可以啊，胡牧远，面都没见过，就记住人名字了。"

胡牧远的手掌撑在冰凉的大理石台面上，输人不输阵，她说："又不难记。"

"你想得美。"

两人离得这样近，近到气息相闻，胡牧远并不迟钝，她能察觉到某些难以言喻的暗流随着急促呼吸在周身流淌。当然，她没自作多情到错认章驰对她有什么意思，她疑心章驰是故意的，他不满自己用他拉郎配，存心要报复她的"热心"。他想拉自己进泥潭。他俩这个样子给任倩婷看见，她跳进黄河也洗不清。

没来由的，章驰忽然看了眼胡牧远水润鲜红的嘴唇。她这么能吃辣，辣椒便将她的双唇染成如此诱人的好颜色。

胡牧远一惊，傻子也看得明白那样的眼神意味着什么。

"冷静。我错了。"她矮身一蹲，飞速钻了出去，"我真的错了，章驰，我深刻地反省了。我再也不多管闲事了。你别害我。"她说着说着一溜烟跑了。

周六傍晚，胡牧远从梁溪家出来，走去夜市街吃了碗酸辣粉，给聂思臻带了个鸡蛋灌饼，又买了串冰糖葫芦，一边吃一边回宿舍。

宿舍楼下嘈嘈杂杂，异乎寻常的喧闹，胡牧远远远便听见有男生在叫嚷，只不过听不清楚喊的是什么。

走近之后，胡牧远知道了，是唐睿在喊"任倩婷"。

他好像喝多了酒，醉醺醺的，站都站不稳，被彭航奇和另一个男生在两边搀着才不至于倒下去。

唐睿："任倩婷！你下来！下来和我见一面！"

周围看热闹的女生越站越多，胡牧远转过头，用后脑勺对着唐睿等人，尽量自然地踏上了进宿舍的台阶。

"胡牧远！"彭航奇叫住了她。

胡牧远叹了口气，只得转身。

"嗨。"

"不好意思。"彭航奇面带歉意，"可以请你叫一下任倩婷吗？"

"她如果在，一定听见了。"

"唐睿说今天是他们一周年纪念日，任倩婷也许忘了，他没别的意思，就想见见她，和她说说话。"

"我只能转达，她不一定下来。"

"谢谢了。"

"我是不会下去的。"任倩婷无动于衷，"都分了八百天了，还哪来的一周年？"

胡牧远："早知道给你借个大喇叭上来，省得他听不见。"

陈颖有些不忍："他好像要哭了。"

"哭就哭呗，这点小事就哭，真没出息。"

聂思臻啧啧道："真是个绝情的女人。"

"都是跟男人学的。"任倩婷吹了吹刚涂好的护甲油，轻飘飘道，"谈恋爱就要学男人，嘴甜心狠，说分手就分手，绝不回头。当然，主要也是因为唐睿没什么好回头的。我果断一点是为了他好。"

陈颖不解道："唐睿做错了什么吗？"

"没有啊。怎么讲呢，要怪就怪唐睿这人相处起来太没意思，只因为喜欢我，就恨不得什么都告诉我，什么都摊开给我看，简直跟白纸一样索然无味，一点推拉的乐趣都没有，白白浪费了他的皮囊。——说了你也不懂，我看你跟你那个闷闷的男朋友，相安无事好得很。"

陈颖："他才不闷。他——"

任倩婷："好了好了，不用跟我说。我没兴趣。"

"你这番言论可真是一个大写的——"到底是大写的什么，聂思臻最终没说出来，她话音一转道，"不过也可以理解。年轻人嘛，心高气傲，就喜欢吃爱情的苦，像章驰这样爱答不理的才有意思，是吧？"

陈颖："已经追到了吗？"

陈颖只知道有这么个人，这么件事，到底情况怎样，进度如何，她并不清楚。因此询问的语气中只有二分惊讶，余下的是理所当然。她不认为有男生会拒绝任倩婷的主动示好。

聂思臻就完全是揶揄了："是啊，追到了吗？"

任倩婷不说话了。

聂思臻："不会吧，任倩婷，这都多久了，你还没拿下啊？你的雄心壮志呢，怎么就熄了火了。"

"着什么急？他这段时间哪有空找我，忙着准备比赛好吗。"任倩婷问胡牧远，"胡牧远，你和章驰有联系吗？"

"没。"胡牧远撇清关系，"我怎么可能跟他有联系。"

圣诞节过后第三天，是法学院"青苗杯"模拟法庭的决赛日，胡牧远拉着聂思臻去给窦彬月做啦啦队，任倩婷也去了。

她们到时，旁听席已坐了不少人，胡牧远就近坐在最后一排，任倩婷则抛弃她们去了前排。

章驰和窦彬月担任控方，同坐在法庭左侧，两人穿着合身的黑色西服，身姿笔挺，神情严肃。

书记员宣读完法庭规则，审判长核对完信息，章驰作为主诉检察官站了起来。

"尊敬的审判长……"章驰诵读起诉书时，一句一停顿，坚定而有力量，很有几分代表国家公诉人员的正统范。

庭内所有人的目光都集中于他，好似聚精会神，但真正关注内容的恐怕没有几个。

聂思臻反正没在听。她将章驰从上看到下，又从下看到上。章驰面向合议庭时她视角受阻，只能看到侧脸，等到他转过身来，面向旁听席，讯问被告人时，聂思臻大饱了一把眼福。她没忍住凑过来和胡牧远咬耳朵："章驰确实正。怪不得把任倩婷迷得五迷三道的。"

胡牧远："今天确实是。"

她话音刚落，前座有位气质上佳的女生回过头来看了她们一眼。

聂思臻和胡牧远当即噤声。

聂思臻给胡牧远发消息："是我的错觉吗？我怎么觉得她眼带鄙夷。"

胡牧远："一点点。也许是看我们讲小话，太没素质了。"

庭审过程各项流程有条不紊，不像辩论赛那样几乎全程剑拔弩张，只在自由辩论环节刀来剑往，针锋相对的意味十足。辩方那边的男生因之前举证质证的失利稍显急躁，发问时咄咄逼人，窦彬月初时起身声音还有些发抖，越往后越沉稳，驳斥时思路清晰又条理分明。章驰和她的风格并不相同，他看着彬彬有礼，不疾不徐，抛出的问题却一个比一个难以招架，不知不觉就将对方套入了逻辑链。两人配合得宜，攻守得当，饶是胡牧远这样的门外汉，也能看出哪边显而易见占了上风。

合议庭休庭评议时，其实胜负已分。

果然最后审判长判决，因证据链完整、法律适用准确，控方胜出。

灯火通明的走廊里，胡牧远和聂思臻倚在墙边，等了一阵，窦彬月、章驰等人才从中走出。

章驰身侧有女生正笑着和他说话，正是庭审时坐在胡牧远前座那一位。

聂思臻恍然大悟："原来她认识章驰啊。"

胡牧远："难怪。"

"难怪什么？"窦彬月走近时听见了。

"没什么。你真棒！"胡牧远夸她，"有模有样的，简直律政俏佳人。"

"任倩婷真是路漫漫其修远兮啊。"眼看着章驰和女生从另一侧下了楼，聂思臻发出感慨。"哎，等下，任倩婷呢？"

任倩婷和李雨洲一同走在人群末尾，此时才出来。

"本来可以更好的。"窦彬月有些懊恼，"犯了几个表达上的错误。"

"哪有错？我可看不出来。"

"那点小错无伤大雅。"李雨洲走到彬月身边，"再多打几场，你就满口法言法语了。"

他问胡牧远："一会我们聚餐，你们要不一起来？"

胡牧远："不了，太冷了，我们要回去了。"

李雨洲："行。彬月，咱们走吧。"

从法学院回宿舍要经过一个小型的喷泉广场，三个人并排走着，聂思臻忽然说了一句："其实刚才那个学长长得也挺好看的。"

胡牧远："是还行。"

聂思臻："法学院的男生都这么高质量吗？"

任倩婷："想太多。辩方那边不也坐了个男的，你觉得呢？"

聂思臻："我觉得你说得对。——前面那是章驰吗？"

大概一百米开外，有个穿一身黑的高个男生朝这边跑了过来。

任倩婷："你看错了吧？"

"是章驰。"聂思臻肯定道，"我视力2.0，不可能看错。"

"真不公平。"胡牧远愤愤道，"我的晶状体怎么没这么好的弹性。"

任倩婷：“他回来干什么？”

胡牧远：“也许落东西了吧。”

“也许是特意回来找你。”聂思臻玩笑道，“期不期待啊，任倩婷。”

很快，三人都发现了，章驰好像真的是冲她们而来。

他西服外套了件黑色棉服，在离她们只余十几米时停止了奔跑，大步走了过来。

胡牧远本来正看着章驰，可当她意识到章驰也正看着她，一直看着她，只看着她时，胡牧远心中警铃大作，升起一股强烈的不祥预感。

胡牧远一面想着不可能，一面不由自主地停下了脚步。

可章驰不会停。他的腿为什么这么长？转眼便到了眼前。

“胡牧远，你是鸵鸟吗？一见我就低头，躲我啊。”章驰慢悠悠道。

“没有啊。”胡牧远镇定道，“有事吗？”

“你元旦节那天有空吗？”

“怎么了？”

“要不要一起看电影？”

“大家一起吗？”

章驰笑了：“哪来的大家？我只约了你。”

胡牧远头皮发麻，章驰说得轻轻松松，她的世界里却劈了道惊天巨雷，劈得她整个人都僵在了原地。她不用转头也能想象出身侧两人的神情。

“我没空。”她说。

在任倩婷冰冷的视线里，聂思臻惊讶又玩味的目光中，胡牧远睁圆了眼睛，警告性地瞪着章驰，示意他到此为止。

章驰仿佛无知无觉，他脸上带着笑，锲而不舍地追问："二号三号呢？"

"也没空。"

"三天一场电影都约不出来。"章驰微微俯身，"胡牧远，你是不是搪塞我。"

这个人疯了吗？明明是寒冬腊月，胡牧远却如同在火上炙烤。任倩婷的眼里也有两把火，她静静地看着二人，一言不发。胡牧远表面平静，内心叫苦不迭，恨不得突然冒出几个壮汉，堵住章驰的嘴将他拖走。

"你有病！"胡牧远干脆绕开章驰，快步走远。

"胡牧远，拿我当傻子耍着玩是不是特开心？"一路缄默的任倩婷在关上宿舍门的下一秒爆发。

胡牧远："你刚刚跟章驰怎么不吼？"

任倩婷噎了噎："好，你好样的。你跟章驰都好样的。"

她拖出行李箱，丁零哐啷塞了一堆东西，头也不回地拍门而去。

"哇哦！"安静了不到一分钟，聂思臻一字一顿道："What a surprise（大惊喜）！今天这门没白出，胡牧远，你有点东西啊。"

胡牧远面无表情道："我说我无辜你信吗？"

聂思臻："我信啊。影后。"

胡牧远气闷无言。

"好啦，开玩笑的，显然是章驰摆了你一道。釜底抽薪，我欣赏他。所以——你会和他看电影吗？"

"我疯了吗。"

"其实你用不着顾忌任倩婷。"

"没必要。干吗把舍友关系弄得这么复杂。"

聂思臻笑道："我还以为你会为了气任倩婷，故意跟章驰出去。"

胡牧远无奈道："我是这种人吗？"

聂思臻故作惊讶："你自己不知道吗？胡牧远，你有时候有点叛逆的。"

元旦那天下午，田昱宪从机场出来，每隔十分钟给胡牧远打一个电话，通知她他刚过了哪哪哪，问她出门了没。

胡牧远估摸着时间差不多，提前去了校门口，恭候他的大驾。

等了不到十分钟，一辆别克靠边停了过来。

副驾和后座的门同时打开，胡牧远先看见的蒋凌竹，然后才是拉着女友从后下车的田昱宪。

"嗨！"胡牧远意外极了，"蒋凌竹，你怎么来了？"

蒋凌竹："不欢迎我啊？"

"没有，他没告诉我。"胡牧远看向田昱宪，"你怎么回事！"

田昱宪嘿嘿笑："想给你个惊喜嘛。"

"你好啊，牧远，我叫刘岩，田昱宪女友加学姐。久仰大名了，老听他说起你。"

"学姐好。"

蒋凌竹："胡牧远，你不带我们逛逛学校？"

胡牧远没有做导游的天分，棠大颇有年代名有由来的几处楼宇、各具特色的建筑在她口中只有一个干巴巴的模板："这是襄林院，那是荟英楼。"

　　田昱宪溜达到胡牧远身边，小声问她："你没生气吧？"

　　"没有啊。你可以提前告诉我的。"

　　"那还不是怕你不答应。"田昱宪叹了口气，"你俩真是的，吵架还要我操心做和事佬。"

　　"我跟他没吵架。"

　　"牧远，你不觉得你做得有一丢丢过分吗？"田昱宪比了个小拇指尖尖，埋怨道，"那会儿我们问你高考志愿，你不说就不说吧，怎么还放烟幕弹呢。"

　　"临时改主意不行啊。"胡牧远不欲解释，"而且又不是小孩子，干吗非得在一块儿上大学？高中不在一个学校也不影响我们做朋友啊。"

　　田昱宪："那要看做什么样的朋友了。"

　　胡牧远："只有一种朋友。"

　　她转头问刘岩："你们吃饭了没？饿不饿？"

　　刘岩："有点儿，飞机上都没吃什么。"

　　田昱宪："岩岩想吃火锅。"

　　蒋凌竹："这周围不是有个东泰中心吗？去那吃吧。"

　　节假日商场的人流量比往常多了几倍，但胡牧远几人到时已过了饭点，因此没等多久就入了座。

　　胡牧远坐在蒋凌竹里侧，在田昱宪与女友一同外出买奶茶、只剩下两人独处时，气氛难免有一丝别扭。他们之间到底横亘着长达半年的冷战，虽然是蒋凌竹单方面发起的。

"对不起。"胡牧远先道歉，"不管你信不信，我不是故意要骗你的。"

蒋凌竹："你自始至终想报的都是棠大，对吗？"

胡牧远默认了。

"为什么不告诉我？"

高考成绩出来，填报志愿那几天，蒋凌竹问过胡牧远的意向院校，胡牧远一直语焉不详。最后架不住他们几个总问，便说她在北城和雁城的院校之间犹豫，蒋凌竹想报的正是其中位于北城的那所，他暗喜之余，三五不时地游说她，胡牧远答应得好好的，最后却来了棠大。

胡牧远："我知道你想去北城。"

"哦。"蒋凌竹平静道，"你觉得你说了，我会改志愿。"

"我没那么自以为是。"胡牧远笑了笑，"这样不是挺好的吗，我们读自己想读的学校，偶尔聚在一起玩。北城怎么样？我还没去过呢，下次换我来找你们，你做东道主。"

"北城不好。又冷又干。昨天才下了场大雪。"

"真的啊？那岂不是很漂亮，我已经很久没见过大雪了。"

"后悔了吧，"蒋凌竹看着她，"本来你可以在的。"

胡牧远顿了一秒，兴致勃勃道："也没有啦，我看天气预报，棠城这两天好像也会下雪。对了，你记不记得我在雁城的朋友彬月？她跟你们行程恰巧相反，现在应该也到了。"

蒋凌竹笑着摇了摇头："你真是……"

"随便点的。"田昱宪将热乎乎两杯奶茶往桌上一放，"哎，这配菜都上齐了，你俩怎么不吃啊？"

胡牧远："等你啊。"

"等什么，不用等。一会吃完我们看电影去吧，我听人说有部探案的还可以，正好楼上有个影院。"

"我都行。"胡牧远打开购票软件，"看哪个场次？"

田昱宪："我已经买了票了。只有四点零五那场还剩几个好位置，我就赶紧买了。"

影院入口处有个五彩斑斓的电玩城，左侧是跳舞投篮等大型装置，右侧分四列摆了近百来台抓娃娃机，形形色色一字排开，看得人眼花缭乱。

田昱宪和蒋凌竹在候场时玩了几把，把把落空，十分不过瘾，看完电影出来又重返赛场。

"你还是想抓这只小绵羊？"田昱宪看蒋凌竹依旧站在之前败北的机器前，便问他。

"对，我就要这个。"

"那我们去里边抓长颈鹿去了啊。"

"去吧去吧。"胡牧远说。

"跟你们讲，我刚在网上查完攻略，已经学会了，今天一定会满载而归的。"田昱宪嘚瑟道。

胡牧远笑道："你最好是。"

方块屏上的数字在不断倒数，胡牧远按下出击键，紧紧盯着下落的抓夹，十厘米、五厘米、碰到了、抓住了——

"啪嗒。"

她屏住呼吸还不到两秒，小玩偶已掉落在绵羊堆里。

"太讨厌了。"胡牧远不满道，"这个爪子是得了软骨症吗？怎么一点力度都没有。"

蒋凌竹："别急，再来一把，刚只差一点点了。"

"我不玩了，太紧张了，还是你来。我看我只适合当观众。"胡牧远将蒋凌竹推至中间。

蒋凌竹玩的时候，手掌微动，持续不断地摇晃手柄，抓夹便也像得了帕金森似的震颤，颤着颤着，也不知道怎么的，就叉着小绵羊运到了出口上空，而后一松——

"啊啊啊——"胡牧远小声惊呼，"厉害啊你，蒋凌竹。"

她将他们终于收获的第一个战利品塞进他怀里："恭喜恭喜，扬扬得意。"

"送你。"蒋凌竹将小绵羊放进她棉衣大大的帽兜里，"你不是说这个可爱。"

"谢谢。"胡牧远眯眯笑，"老实交代，你刚是不是也偷偷翻攻略了？"

蒋凌竹笑道："看了一点，没想到真的管用。"

"怎么做到的？什么神奇手法？"

"我教你。"

"好啊，这次我们抓小老虎。"

贺佳宁一段时间没来东泰，常去的店里上新了不少她感兴趣的款式。

往常和家人或闺蜜来时，怎么逛都是自在的，但这次不一样，贺佳宁看了一眼坐在沙发上刷手机的章驰。

从小到大，她和他一起做过许多事，单独逛街却是头一回。真是新奇的体验。

"您男朋友长得真帅，和您简直天生一对。"店员悄悄说。

"谢谢。"她笑着回了一句，指向玻璃柜台内一对镶着碎钻的半月形耳饰，"请帮我取一下这个，谢谢。"

"您真有眼光。"

贺佳宁对着圆镜比了比，又回头问章驰："章驰，好看吗？"

章驰走了过来。

"嗯。"

店员："真的很好看，特别衬您的气质，您可以让男友帮您戴上。"

贺佳宁嘴角一弯："你帮我戴吗？"

章驰："我不会。"

"包起来吧，麻烦你了。"总有机会让某人帮她戴的。

两人站在收银台边，贺佳宁正要打开软件，章驰已扫码付了款。

"你干什么。"她拍了下他的手。

"生日快乐。"章驰提着纸袋往外走，"这就是礼物了啊。"

"真偷懒。"贺佳宁跟上去，"也不知道提前准备，一点不用心。"

"还逛吗？"

"电影什么时候开映啊？"

"大概十分钟后。"

"那别逛了，我们过去吧。"

"电影不看也无所谓，你要想逛就接着逛。"

"我要看电影，我要看我男神。"贺佳宁笑着拆穿他，"别以为我不知道，章驰，不想看的是你。我不管，快陪我上楼。"

经过电玩城时，贺佳宁朝里扫了一眼，明明不是情人节，每台娃娃机前站的却几乎都是成双成对的男女，她问："章驰，我可不可以再申请一个礼物？"

"要什么？"

"我要那个。"

章驰顺着贺佳宁手指的方向往里看，先看见一张熟悉的侧脸。

胡牧远仰着脸，嘴角抿得紧紧的，正全神贯注地盯着机内摇晃的抓夹，她身后站了个高个男生，微微屈膝将她半抱在怀里，两人头挨着头，左手交叠，一同握着黑色手柄操控。

"就是那个粉……"

贺佳宁话音未落，章驰直接走了进去。

仅仅试了两把，胡牧远就顺利得到了布满漂亮花纹的小老虎。

"耶！"她欢呼着，转过身和蒋凌竹击掌。"二战告捷！"

胡牧远还要再说什么，忽然瞥见章驰从外走进，身后还跟了位漂亮的女生，她愣了愣，若无其事地移开了视线。

蒋凌竹："可以啊，牧远，你掌握精髓了。"

胡牧远谦虚道："那还不是站在巨人的肩膀上。"她拉着他往里走，"走，我们去跟田昱宪炫耀炫耀。"

"胡牧远！"

章驰从后叫住了她。

他绕到两人面前，微微笑着看她："巧啊，胡牧远。难怪你没空，原来约了别人。"

"是啊。"胡牧远惜字如金。

"能遇到也是缘分，你不给我们介绍一下。"

有什么可介绍的！胡牧远想不到章驰脸皮这么厚，先前当着她们的面不管不顾乱说话，陷她于不义，这会儿又没事人似的来跟她这这那那，要不是不想在蒋凌竹和陌生人面前弄得太难看，她早就破口大骂了。

胡牧远深吸一口气，省略了名字，简单道："他是我初中同学。这位是我大学同学。"

章驰提醒道："我也是你小学同学，初中校友。"

贺佳宁面露惊讶，她小声问章驰："我怎么不记得？"

胡牧远朝蒋凌竹笑了笑，踮脚在他耳边道："不是很熟。"

她故意的。章驰当然听见了。他意思性挂在脸上的一点笑容差点维持不住。章驰长到十九岁，还从未有过此刻这样想将人揪开的冲动，他主动朝对方伸手："你好，我叫章驰。"

蒋凌竹说了名字，章驰慢慢地"哦"了一声。

贺佳宁："一会儿出来再聊吧，电影要开始了。"

"再见。"胡牧远不再看两人，边投币边道，"我们要接着玩了。"

巨型幕布上的场景不断变换，章驰眼前反复出现的却是电玩城热烈明艳的彩绘墙面，还有游戏音里和所谓男同学手把手抓娃娃的胡牧远。

一个手柄一个按钮而已，再没有比这更简单的游戏了，有必要贴那么近?

自重逢以来，胡牧远对他的态度一直算不上热络，章驰本来不在意，她小时候不就这样吗，忽冷忽热，没心没肺，对他的好意视若无睹，毫无预兆就转了学。也许她就是这样，章驰想，因为家庭的缘故，兴许她和谁都亲近不起来。

但他显然错了。她跟别的男同学亲密得很。抱可以，十指相扣可以，拍手时笑得那么开怀，只有他被区别对待，她只跟他泾渭分明。

只有他。好像他对她有多特别。特别到要将他和她室友撮合成一对。

那么多台娃娃机，他们要玩到什么时候?

章驰很少有这样心烦意乱的时候，他起身离开了影厅，出去找罪魁祸首。

07 第七章

　　东泰五楼一家甜品店内，胡牧远将玩偶放在桌上排排坐，拍了张照片传给窦彬月。

　　她一连发了好几条消息过去：彬月彬月，你到了没呀，看我们刚刚的战斗成果，厉不厉害？你要不要挑几个？

　　窦彬月：我和谢霄阳分手了。

　　胡牧远猛一下坐直了身体。

　　蒋凌竹问她："怎么了？"

　　胡牧远编辑了信息又删去，最终只问她：你现在在哪？

　　彬月：在回校的高铁上。八点多到棠城。回来再说吧。

　　没过几秒，彬月又发来一条：你不要找他。

　　胡牧远：好，我等你。

来北城之前，窦彬月对它的拥堵早有耳闻，只没想到节假日变本加厉，她坐在龟速前进的出租车上，有些心焦地看着窗外来去匆匆的行人。

一对相貌出众的年轻男女从路边的快捷酒店走了出来，彬月扫了一眼，心脏骤然失重。

那是几分钟前才和她说在图书馆自习的谢霄阳。他怀里的女孩留着紫色短发，路边那样厚的积雪，她只穿了短裙长靴。

两人一高一低站在台阶上，吻成了一块儿。

几乎在看见的瞬间，窦彬月背过了身，她下意识揪紧了衣角，不够痛，她松开又攥紧，指尖深深嵌进手心。

北城那么大，高校那么多，街道、酒店、堵在路上的出租车星星一样密集，为什么这样都能叫她遇见？

窦彬月闭上眼，调整了几次呼吸，在车辆重新流动之际提声道："师傅。我想在这下，可以吗？"

"这可还有一段路呢。"

"我不去了。多少钱？"

下车之后，窦彬月挺直脊背，朝相拥的两人走了过去。

"谢霄阳。"她轻轻叫了他一声。

这也许是最后一次叫他了，她想。

谢霄阳几乎是触电般缩回了手，他错愕地看着突然出现的女友："彬月——"

"之前开始的时候，你说……"他说既然是他先说的开始，主动权就在他手上，她不能随意中止，不可以随随便便分手，他们要从十八岁走到老，永远在一起。可惜十八岁还没有过完，他就有了新的喜欢的人，窦彬月喉间一哽，顿了几秒，没有说下去。

谢霄阳心中一痛，他当然知道她在说什么。过去几年相处的点滴，牵手、拥抱，甚至只是看着她便会泛起的悸动又重新回到了他的身体，和雅茹稀里糊涂搅在一块儿时谢霄阳从来不想这些，现在却和其他活色生香的画面一块儿在他的脑海中交织。

谢霄阳第一次为自己的心猿意马产生如此汹涌的悔意。他忍不住上前一步，他好想抱她。

"不要。"窦彬月慌乱地退后一步，有泪水自她眼角滑落，很小的一滴，一抹就消失了。

"对不起。"谢霄阳找不到第二句话。他承诺时是真心实意的，可他刚和别的女孩从床上下来，"对不起，彬月。"

"没关系。"窦彬月看着谢霄阳，尽量平稳道，"谢霄阳，其实我从没想过和你到老。因为你是个没有定性的人。这样结束挺好的，我不用再浪费更多的时间。"她长舒一口气，"好了，说清楚了。不打扰你们了。我走了。"

雅茹扑哧一笑："不打扰。"

谢霄阳跟在窦彬月身后："你要去哪儿——"

"别靠近我。"

谢霄阳皱着眉："你这样走我不放心。我送你。"

"我会走的。"窦彬月一字一顿道，"我求你别跟着我。"

雅茹"啧"一声："谢霄阳，人家不想看见你，你听不出来吗？"

彬月招停一辆出租车，再未回头。

两座都市之间隔了近五个小时的高铁，为了赶最早那班，窦彬月六点不到就出了校门。去的时候觉得漫长，回程却短得像一眨眼。

　　从回校的地铁上下来，时钟刚过了九点半。窦彬月背着沉重的书包，站在缓缓上行的自动扶梯上，被路灯照亮的天色一点点出现，她看着愣了神，外面不知何时下起了雪，在光圈里悠悠扬扬地翻腾。

　　胡牧远穿着从头裹到脚的灰色羽绒服，双手插兜，坐在出口处的木椅上，一见她便站了起来。

　　"到啦。"牧远朝她笑，"你吃东西了没？饿不饿？"

　　窦彬月："在车上吃了面包。"

　　"那肯定饿了，看，"胡牧远从两边口袋各掏出烤红薯，"刚买的，是不是很香？"

　　"嗯。"

　　"走吧，回去吃。"胡牧远将红薯塞到彬月手上，"给你暖手。"

　　她撑开雨伞，挽着彬月边走边说："我正准备下楼来接你，聂思臻就说外边下雪了，我还以为她骗我，虽然天气预报是说最近要下雪，但是也不一定准嘛，你看我们在雁城，就年年都被放鸽子，没想到这里的雪这么讲信用。你书包重不重啊彬月，要不要我帮你背？"

　　"不用，没装多少东西。"

　　两人在校内走了一段，彬月轻声道："牧远，我们可以先不回去吗？我不想现在回去。"

　　"哦……好啊，那我们去哪？你渴不渴？要不要去奶茶店坐会儿。"

　　彬月摇了摇头，"人太多了。"她站定在路边，看向不远处一个笼罩在光亮下的小亭。"就在这说说话吧。"

　　窦彬月的北城之行实在简单，简单到胡牧远还没来得及将红薯焦干的外皮剥下，她就已经讲完了。

　　胡牧远嘴巴张开又合上，半晌说不出话来。彬月看起来性情温和，很好说话，其实是个柔韧果决、意志坚定的人。她说分手就绝没有转圜余地了。胡牧远以为他们之间出现了无法调和的矛盾，也许是吵了架，也许是距离产生了误会，万没料到是谢霄阳开房被撞见。影视剧里常有这样的情节，恋人间未经知会的惊喜最后演变成惊吓。但为什么会发生在彬月身上？那么多天的课间午后，雁城和邵城的那么多次往返，谢霄阳眼里只有彬月，一直像只花蝴蝶似的围着彬月打转。结果半年不到，他就能和别的女生上床。胡牧远受到了巨大的冲击，不解又心寒。

　　"为什么？"胡牧远喃喃道，她想不明白，"谢霄阳还是人吗？"

　　"其实我没有那么意外。"窦彬月低垂着眼，闷闷道。

　　"什么意思？"

　　"我潜意识里好像知道会有这么一天，就像靴子终于落地。"高铁疾驰的几个小时里，窦彬月纷纷杂杂想了很多，"牧远，你记不记得我讲过，在谢霄阳还不认识我的时候，我就听过他早恋的事了。"

　　胡牧远有印象，毕竟幼稚成谢霄阳那样的实在少见，可那只是十二三岁，情窦初开时一段短暂的过家家罢了，没有人会当真。

　　"我想我还挺了解他的。谢霄阳就是这样一个人。来得快去得也快，可以突然一下喜欢上我，就可以突然一下喜欢上别人。我对他来说，和他草草收场的'早恋'一样，没什么特别的。"窦彬月想起谢霄阳和短发女生在台阶上那个叫人脸红心跳的深吻，那是他们之间从未有过的亲密，她刻意平静的语气微微发颤："也许他现在的女友是特别的吧。她很漂亮，很张扬，和我完全不一样。"

"别这样，彬月，别这样想，是他的错。"胡牧远握着她的手，"你很好，也很特别，是谢霄阳这个狗屎花花世界迷了眼，见异思迁，好赖不分。王八蛋！"她骂着骂着出离愤怒了，翻出谢霄阳的电话当场要拨号。

"不要。"窦彬月拦住，"别打。这不好看，我不想。"

胡牧远知道彬月是对的。谢霄阳做出这种事，再多纠缠一分钟都不值得。可这实在是便宜了谢霄阳。

"真是个不折不扣的浑蛋。"

她拉黑了他，又删去他别的联系方式，点开微信对话框时，胡牧远到底没忍住，长按语音键吼了句："王八蛋，你去死吧谢霄阳！"

发完她心里畅快了一点儿，彬月却笑了，她说："你好凶啊，牧远。好了，别生气了，你红薯再不吃，都要被风吹冷了。"

"我觉得我以前瞎了眼。"

"其实是你情我愿的事，没什么可说的。以后清清静静的也挺好。"

"对。王八蛋就滚出我们的生活。"

沉默了一会儿，胡牧远为了逗乐情绪低落的彬月，轻轻哼起了歌："分手快乐，祝你快乐，你可以找到更好的，不想过冬，哒啦啦啦，就飞去热带的岛屿游泳……"

胡牧远在音乐上毫无天赋，等闲不唱歌，一唱就喜欢打拍子辅助，可惜手中拍的是一个节拍，脚下踏的是另一个节拍，嘴巴里唱的哪个都套不上，整首歌没有一句能踩在音准上。

彬月边听边笑，夸她唱得好，将来可以做编曲家。

在贺佳宁家吃过晚饭，柯宇鸣并未久留，驱车回了位于西鹜区的住所。

他问坐在副驾上，意兴阑珊的章驰："怎么了今天，闷闷不乐的。"

"有吗？"章驰稍稍坐直。

"跟佳佳吵架了？"

"没吵。"跟贺佳宁有什么可吵。

"那人佳佳十八岁这么重要的日子，你不多陪陪她。"

"我今天陪得够久了。"

"敷衍。"

柯宇鸣看了外甥一眼："你是不是有女朋友了？"

"没有。"

"那你这么晚特意回学校。"

"复习。"

柯宇鸣嗤一声，显然不信。

等红灯的倒数几秒里，天上纷纷扬扬飘下了雪。鹅绒一样大小，轻悄悄落在前窗上，转瞬融成了雨。

"送你回西鹜别苑算了。回宿舍还得走一段，我这可没伞。"柯宇鸣说。

"没事。雪里走走有什么。"

柯宇鸣笑了："风雪无阻啊，那女生很难追吗？"

"有点。"章驰干脆承认了。

"哟，还真是啊。"柯宇鸣哈哈大笑，"不错，这就叫恶人自有恶人磨。让你对我们佳佳不上心。"他将车停至路边，扔给他一顶棒球帽，"滚吧，臭小子。"

章驰帽檐压得低低的，沿着路边的低矮灌木丛往宿舍区走。

右侧大片的草地中央忽然传来一句气冲冲的咒骂，听来还有几分耳熟，章驰心脏猛地一悬，转头一看，果然是下午在东泰失去了踪影的胡牧远。她和窦彬月并肩坐在十几米开外的小亭里，边啃红薯边说话。

章驰放松下来，正要离开，胡牧远荒腔走板的歌声飘进了他耳中。

章驰的脚步再也迈不开，他忍住笑，听了几秒钟，拿出手机录像。

胡牧远躺在被窝中，正要静音睡觉，手机叮咚一声，收到章驰传来的一段视频。

预览封面黑乎乎的，看不出是什么，胡牧远毫无心理准备地点开，下一秒便听见了自己的声音："不想过冬……"，她立刻手忙脚乱地关了。震惊之下，胡牧远脸涨得通红。

聂思臻探头问："谁在唱歌？"

胡牧远："没谁！"

她摸出枕头边的耳机，戴上后重新点开。

摄像时镜头被放大了数倍，画质并不高清，但看清她的表情倒绰绰有余。胡牧远从没见过，不知道她唱歌的时候原来这么傻。这样静

谧的夜，全世界好像只剩下她难堪入耳的歌声，胡牧远不聋也不瞎，
这会局外人一样看自己，才知道那些错乱的节拍有多离谱，她在羞耻
感的裹挟中脚趾蜷缩，简直要窒息了。

就在她咬着红薯，因为记不清歌词，含含糊糊哼哼唧唧时，画外
音传来章驰的轻笑声，像在她耳边，在床上笑她，胡牧远无声尖叫，
再也无法忍受，狠狠点了关闭。

胡牧远：你为什么！

章驰：正好路过。

胡牧远：删了！

章驰：以后约你还出不出来了？

胡牧远：威胁我啊。

章驰：是啊。

章驰：挟视频以令绵绵。

胡牧远：那你留着吧！

胡牧远要气死了，不肯再回他的消息。

一直到考试周结束，任倩婷都没怎么回过寝室。偶尔不得不回来
拿东西，寝室上空便必然覆盖着低气压。陈颖早出晚归并未察觉，胡
牧远在不认为自己错的情况下也绝不肯说软话，胶着的状态就一直相
持到了放假。

寒假期间，胡牧远的作息十分规律，早睡早起，上午看书，下午
写稿，晚上看会儿电影电视。

张茜看不惯胡牧远如此懒散，认为她会给正读初中的胡牧馨、胡

牧惟带来不良影响，三天两头让她出去打寒假工。胡牧远索性收拾东西回乡下，跟爷爷奶奶住去了。

胡牧远给爷爷奶奶各买了一顶加绒针织帽，老人家很高兴，在伯伯、伯母送鸡蛋来时特意拿出来显摆了一番，伯母夸她颜色选得好，又问她："牧远，你是不是还给你爸爸买了条裤子，给你妈妈买了双鞋？"

胡牧远："是啊，你怎么知道？"

伯母笑道："上次你爸爸回家讲的，说你给他买的裤子是个贵牌子，几百块一条，他还没穿过这么好的裤子呢。"

胡牧远意外极了，她做家教攒了一笔钱，给家里每个人都买了礼物，弟弟、妹妹收到时欢天喜地，妈妈反复念叨她压根不会买东西，买的鞋又硬又不好看，纯属乱花钱，只有爸爸一言不发，接过直接收进了衣柜。她完全想不到在她看不见的地方，爸爸会这样骄傲地跟家人"炫耀"。

"你爸爸很高兴嘞，说你懂事了，还知道给他买东西。"伯母又道，"女孩子是贴心哦，你哥哥就没这么贴心了。"

胡牧远几乎是不知所措了，她随便找了个借口，遁去了楼上。

奶奶家有一只矫健的橘猫，刚生了一窝小猫崽。猫妈妈很敏感，一旦察觉有人来看过小猫，就要叼着猫崽换一个地方悄悄藏起来。胡牧远好奇小猫的长势，偶尔会趁橘猫不在，偷偷去看一眼。

几只小猫颤颤巍巍能站起来时，胡牧远给它们拍了一张照片，配文"喵喵喵"，发在了朋友圈。

没过多久，章驰发来一张照片，他也拍了一只小猫，看着才两三月大小，脊背和尾巴是黑色的，有点像迷你奶牛。

胡牧远晚上才看见消息。这是自那次视频事件过后两人第一次交流，她正犹豫要不要回，奶奶喊她下楼吃柚子，她一搁置就给忘了。

第二天早上，胡牧远坐在火炉边烧糍粑，手机上忽然弹出章驰的消息，他问她：胡绵绵，你每天在家干吗？

胡牧远：玩。

她是不想继续聊天，才回得如此言简意赅。和别人聊天没有这样的感觉，唯独章驰。胡牧远其实有点抗拒收到来自章驰的消息，她有很多的事要做，不想挂心在章驰那儿。她不喜欢。

章驰追问：和谁啊？

糍粑焦黄的表皮气球一样鼓起，扑哧扑哧。

胡牧远没有回复。

章驰一直等，十分钟，半小时，页面毫无动静，而他在这等待中，逐渐从初醒的迷蒙状态清醒。

她是不打算回了。像昨天那张泥牛入海的照片。

章驰拧着眉，将手机往床角一扔。

几分钟后，章驰捞回手机，点开相册。

飘着雪的冬夜里，不甚明亮的路灯下，呆头呆脑的胡牧远一边打拍一边唱歌，时不时扶一下眼镜，咬一口红薯，简直像只忙碌的小仓鼠。章驰看着看着心情好转，他就没见过有谁唱歌比她还忙乱，而他听多了，竟觉得一首歌原本的旋律也没那么重要，胡牧远的发声和咬字其实很可爱，他看得手痒痒的，想揉她的脸。

屏幕熄灭，映出章驰带笑的一双眼，他摆出严肃脸，按平上扬的嘴角。

这样不行。他想，这人这么不上道，同学是做不下去了。

新学期开学，胡牧远是最后回校的一位。

她一推开寝室门，便听见"咔嚓"一声，聂思臻上半张脸隐在微单后，笑嘻嘻道："新年留念。来，再摆个Pose。"

"风尘仆仆的也拍啊。"胡牧远嘴上这么说，依旧配合地比了个剪刀手。

手还未放下，胡牧远和侧头看她的任倩婷对上了目光。

"好了，"胡牧远率先破冰，"不用讲了，知道你要说老土。"

"确实土。"任倩婷不客气道。

"胡牧远。"

胡牧远行李归置到一半，冷不丁听见任倩婷叫她的名字。

"干吗？"

任倩婷斜着眼睛，用笃定语气问她："你和章驰在一起了。"

"没啊。"胡牧远莫名其妙，"你没头没脑地说什么。"

任倩婷："那他朋友圈背景为什么是你拍的猫？"

一点不知情的胡牧远被问了个措手不及，"啊？"

"是吗？"聂思臻兴致盎然地接话，"真的假的？给我看看——"

陈颖完全不明状况："什么什么？"

任倩婷将屏幕往前一送："他换了可有一段时间了。"

胡牧远扫了一眼，佯装镇定道："我不知道。我家猫可爱咯。"

任倩婷："你就装。"

聂思臻："还真是。哎，任倩婷，有人给你发语音。"

任倩婷点开，是个男声在唱："我像只鱼儿在你的荷塘……"

任倩婷回："你发神经。"

她点开新语音，依旧是那位男生："初闻不明曲中意，再听已是曲中人。拜拜，姐姐，我不玩了。"

"喊。"任倩婷眼疾手快，先把对方给删了。"我少你一条吗？好笑。"

与此同时，聂思臻正向陈颖概述前情，终于知道自己错过了什么的陈颖神色复杂地看着胡牧远，感叹道："我的天啊。"

没想到开学第一天，她们寝室这么混乱嘈杂。

胡牧远也看着陈颖，无语道："虽然听起来很虚伪，但这能怪我吗？"

"当然怪你。"任倩婷结束和无名男的纠缠，冷眼指责她，"不怪你怪谁？你明知道章驰喜欢你，偏偏要当哑巴，存心看我笑话。"

"随便吧。"胡牧远无所谓了，"你说什么就是什么。"

"哼。"任倩婷又不生气了，"其实我早就知道了。"

"知道什么？"

"胡牧远，你知不知道那天在西鹜山，章驰看了你多少次？拜托，我又不瞎。"

"我去。"聂思臻笑喷了。

胡牧远彻底无言："任倩婷，你不读表演真是埋没了。"

"我只是不想成人之美。外加不到黄河心不死。谁让你先跟我装，那我也跟你装咯。章驰寒假到底给没给你发消息？"

"不怎么发。"

"那就是发了。"

胡牧远反呛："发了又怎样？"

"没怎样。劝你别太上心，章驰这么东一榔头西一棒子的，估计也只把你当作鱼塘里小鱼一条。"

三月快要结束那几天，天气忽然变得格外晴朗。

胡牧远和聂思臻坐在操场中央，就着暖洋洋的日光聊天。

草地上分散坐了不少她们这样的学生，远处篮球场外遥遥传来几声洪亮的"野马分鬃、白鹤亮翅"，胡牧远被弄得分了神，她问聂思臻："我们上周学到了第几式来着？我怎么一点都不记得了。"

聂思臻："好像是什么琵琶。——别打岔，然后呢，张星楚找到了左字麒，她打算怎么做？"

"当然是杀了他咯。"

胡牧远最近沉迷武侠，金古梁温黄五位名家的代表作被她依次借了来看，看还不过瘾，一个故事在她千百个走神的瞬间慢慢有了雏形。

聂思臻和她同气相求，两人专业排名马马虎虎，都不算顶拔尖，大半时间全花在了"业余爱好"，上课时常要相互打掩护，自然知道她爱看爱写。她看了胡牧远故事的前几个章节后被深深吸引，让她将后续情节先剧透给她。

"怎么杀？正面打？他们之前交手没有动过真格，张星楚有胜算吗？而且左字麒难道不辩解吗？他肯定知道她是为什么而来。"

"如果正常比武，张星楚未必占上风，但她抱着同归于尽的杀心来，就一定能赢。至于左字麒讲不讲，他的心境不同以往，肯定不会主动开口。可是打到后来，他发现张星楚不仅想他死，还想其人之道还治其身，也把他剐成肉片的时候，他就失望透顶了，他想让张星楚痛，就非说不可。"

"好带感，那他会死吗，他这么阴险歹毒一个人，不会不留后招吧？"

"那当然了。"

"是好看的。"聂思臻肯定道，"我喜欢。牧远，你怎么会想写这个？"

"老师的正经作业写多了，想写点狗血烂俗的爱恨情仇调剂一下，感觉放在武侠世界比较合理。反正写着好玩嘛，写什么不是写。"

"写什么不是写……"聂思臻谄媚道，"那我可以点菜吗？牧远，你帮我写点同人[3]好不好？最近圈里没人创作了，我的世界好荒芜。"

"我不会。"胡牧远老实道，"这我是真不会。从来没写过，除了你写的，别的也从来没看过。聂思臻，你自己不是会写嘛！干吗指望我？"

"我感觉我文笔没有你好。"

"少来啊，你微博那么多粉丝，都快把你夸出花来了，聂小倩太太。"

"啧，这你就不知道了。我们这圈冷啊，只要愿意产出，都跟国宝一样珍贵，哪怕我写的是坨屎，她们也能闭眼吹。"

"干吗妄自菲薄，你那几篇我都看了，明明写得情真意挚，活色生香。"

"写点嘛，牧远，我给你提供素材。就当练笔了，练什么不

3　同人文一般是在原作者的文章基础上，添加一个或者几个人物，并代入原有的时间线上去发展。

是练。"

胡牧远小声道："巧妇难为无米之炊啊。我又没经验。男女我都不会，你还让我写别的，你像话吗？啊？"

"我也没经验啊。"

"那你不是看过吗？"

"你要看吗？我有啊。"

"不要。"

"有没有经验其实一点也不重要，像你写武侠，难道你打打杀杀了？"

"那这些是可以想象的嘛，床上的怎么想？"

"就这么想啊，展开你想象的翅膀。"

"别做梦了，太太，要么你就自力更生，要么就爬墙去热圈等人投喂。"

聂思臻叹了口气："其实热圈也没那么好混，幼稚的太多了，屎里淘金，照样很心酸。"

胡牧远笑了："你要求怎么这么多。"

打过下课铃没多久，十来个穿着队服的高大男生从侧边台阶走了下来。

胡牧远和聂思臻在教练清场后并未离开，聂思臻说难得见这么多青春男大生踢足球，正好找灵感，胡牧远就陪她坐在邻近体育馆的双杠上看热闹。

男生们舒展身体，拉伸四肢时，聂思臻举起相机拍了一张。

胡牧远问："你拍谁啊？长得帅吗？"

聂思臻："2号和7号好像还行。我再走近点拍几张。你在这儿等我啊。"

"好。"

时不时有学生抬着成筐的体育器材往馆内送，胡牧远晃荡着双腿左顾右盼，忽然看见了章驰。

他和同行的几个男生手上各拿了个篮球，沿着塑胶跑道走了过来。

胡牧远换了个方向，低头玩手机。

一篇博文还未看完，胡牧远便察觉到了有人走近。

大概她没有自己想的那样专注，眼角余光一直有意无意地留意着某个方向。

她渐渐能听到脚步声。

以静制动，严阵以待。胡牧远在心中默默想。

冷不防双杠陡然一抖，有人直接跳坐了上来。胡牧远吓了一跳，手机差点掉进沙地不说，人也险些坐不稳。

章驰手掌撑住她的肩，待她稳住后又放开。

"小心啊，胡牧远。"章驰声音带笑，"别摔了。"

胡牧远气不打一处来："还不是你害的。"

她没来得及说完，章驰蓦地俯身，蜻蜓点水似的碰了下她的唇。

"和我谈恋爱吧，胡牧远。"

胡牧远被他始料未及的动作震住了。

章驰的唇离开了她的，人却没有。他乌黑的短发微微凌乱，英朗眉目距她不过几公分，胡牧远抓住铁杆的五指不自觉收紧，哑口了几秒才问他："章驰，正常人谈恋爱有你这样的吗？"

"我怎么知道。"章驰说，"我又没谈过。"

胡牧远噎了一下："你骗鬼。"

"为什么不信？"章驰目光灼灼地盯着她，"那你呢，我是不是第一个。"

"当然不是。"

胡牧远说着就要往下跳。她不能继续在杆上坐着了，再被章驰这么盯下去，她迟早变成他砧板上的鱼肉。

章驰反应很快，左手一横，先将她圈进了怀里。

"躲什么。"

"章驰，你这是犯规。"

"谁让你对我视而不见。"

"章驰！"

双杆上的两人同时转头，距离沙地不远的楼梯处，亭亭走下一穿浅杏套裙的高挑女生，是见过几次的贺佳宁。

胡牧远轻声道："你还不放开，人家要误会了。"

章驰收手坐正，却并未过去，两人都不再说话，只有贺佳宁一步步走近。

"你怎么来了？"章驰问。

"来祝你生日快乐呀！"贺佳宁站定在沙地边缘："阿姨给我打了电话，说让我和你一起回去。"

章驰看向胡牧远，贺佳宁也看向胡牧远。

胡牧远说不意外是假的，她反问他："看什么看。"

章驰捏了捏她的脸颊，又飞快跳了下去。

胡牧远摆弄了一会儿手机，忽然发现聂思臻不知何时给她发了几条信息。

胡牧远点开，讶异地睁大了眼。

章驰落在她唇上的那一吻太快了，快到她几乎以为是错觉，聂思臻却用影像捕捉了下来。

胡牧远没有细看，她给留言说已去食堂的聂思臻拨了个语音。

"你到底是怎么想的？"见面之后，聂思臻问胡牧远。

"我还没想好。"

胡牧远喜欢稳定的，一切尽在掌握的生活。最好平静如水，无波无澜，而章驰，章驰是她不可预测的变数，两人不见面还好，一见面就乱七八糟。

"别聊他了。先吃饭。"

聂思臻观察了一会儿胡牧远的表情，胡牧远脑袋一歪，无奈道："怎么了吗？"

"依我看，牧远，你也不是不喜欢他。"

"哪儿看出来的？"

"刚诈出来的。"

"喂。"

"好啦。认真讲，牧远，章驰这么不按常理出牌，你一点不生气，还要更明显吗？"

胡牧远也不否认，聂思臻便接着说："其实我觉得你可以试试。

章驰低头那一下，说实话，我都有点心空，和他谈恋爱应该不赖。反正大好青春年华，放着也是浪费，能快乐一天是一天，不高兴了就分手呗，何必顾虑太多。也没有谁一开始就奔着天长地久去的，"

胡牧远扑哧哧笑了，"小倩，你劝别人一套一套的，自己怎么不先seize the day，把握当下？"

"我这不是没有心动男嘉宾嘛。"

"哦，那你大门不出，二门不迈，别人搭讪你也不理，哪儿来的心动男嘉宾，天上掉吗？"

"那是以前嘛，现在你们人人成双成对，只剩我一个孤家寡人，危机感不就起来了。我们学院粥多僧少，没什么指望。你等着的，回去我就跟陈颖报名联谊。如果有的话。"

结果陈颖那儿真的有。她问聂思臻："你真要参加啊？院里昨天刚好发了通知，下周日西鹜区三校要举办大型联谊，群里有活动方案，你要看吗？"

"好啊，发我。"

可惜聂思臻看到一半就意欲全无："这也太正经了。没意思。"

任倩婷像在听笑话："就算有意思又怎样？聂思臻，你用脚趾头想也知道啊，有哪个优质男能在联谊里捡到？真是白日青天做大梦。"

聂思臻："你看看窗外，夜已深了，官人。"

任倩婷："我周五跟朋友约了去海云天，你要不要一起？"

"什么海云天？"

"棠宁路一家老牌清吧，很有格调，消费也还行。"

"算了吧。"

"真不来？海云天新换了一个驻唱乐队，主唱长得很不错，不比你床上贴的那个差，而且拽拽的，是你喜欢的那一挂哦。"

聂思臻来兴趣了："真的假的？别骗我。"

"你去了就知道了。"任倩婷扭头问盘腿坐在床上看书的胡牧远和忙着预习的陈颖："你俩去不去？一起去吧，天天在学校里几点一线不腻味吗？总要有点消遣吧。"

陈颖："我不去。"

胡牧远想了想，回答说："好啊。"

对于没尝试过的新鲜事，胡牧远其实不怎么抗拒。当然，章驰是例外。

胡牧远分神想了他没几秒，手机屏幕亮了起来，是"例外"打来的电话。

胡牧远爬下床，去阳台接了。

接通之后，她没有说话，章驰沉默了两秒，叫她的名字。

"胡牧远。"

"干吗。"

"我在你宿舍楼下。"

"哦。"胡牧远借着夜色遮挡，往楼下望了一眼。

"要不要下来陪我过会儿生日？"

"你又不缺人陪。"

"下来一会儿，好不好？"章驰说这话时声音低低的，像示弱，也像撒娇。胡牧远舔了舔嘴唇，将手机拿开，她感觉自己中计了。

其实如果没有贺佳宁那一句，章驰不会说。他不屑用"生日"之类的托词绑架谁，但他确实计划了今晚要来找胡牧远。谁叫他从小到大，生日这天总是比平常顺利，为了那一点好运气，他等了一个月。

结果人算不如天算，一个月见不到她一面，偏偏今天下午遇见。胡牧远还假装没看见。章驰从寒假开始似有若无憋着的一团气又重新积聚在胸口，推着他去找她算账。他故意吓她，看她受惊又忍不住好笑。后来再发生的种种，就没有一件在他预料了。

回去之后章驰一直在想，也许他把事情搞砸了，也许没那么糟，但不管怎样，他对自己实在不够了解，临了还不是拿生日当借口哄人下来。

初春的夜晚仍旧透着寒意，胡牧远睡衣外套了件灰不溜秋的长棉衣，踩着棉拖出了门。

章驰穿了一身黑，站在离路灯不远的护栏边，因肩背挺直，身形出众，偶有晚归的女生，免不了要多看两眼。

他本人似乎无知无觉，注视着慢慢走近的胡牧远。

胡牧远怀疑章驰在没见的几个月里又长高了，不然为何她离他越近，压迫感越强。她索性越过了他，在一旁的木椅上坐下。章驰原地一转，两步就到了她身边。

"要我陪你干吗？"胡牧远问完，又暗暗唾弃自己明知故问，于是欲盖弥彰地补了一句，"快点讲，我要回去睡觉了。"

章驰右手摊开，横在胡牧远面前。

胡牧远以为他要牵手，有没有搞错，他们也没有在一起，她将手背在身后，装傻道："干什么？"

章驰问她："生日礼物呢？"

胡牧远没好气地拍了下他张开的手:"没有!哎——"

章驰在她抽手之前,迅速合拢手掌,包住了胡牧远的手,又反手一扣,送进外衣口袋。章驰的手和她的不同,硬邦邦的,骨节修长有力,胡牧远挣了挣,章驰握得更紧。两人手心贴手心,密密实实的温热感从相触的肌肤源源不断地涌入,又爬上胡牧远的脸颊。

周边的树声风声,落叶卷过地面的窸窣声,和他们仿佛在两个世界。

胡牧远仰脸看他,章驰也正看着她。皎洁柔和的月色下,少年男女的眼眸明亮似星。

胡牧远小声道:"章驰,你是无赖吗?"

章驰脑子里在想别的事。他说:"那你让我怎么办。有人不给,我只好自己拿了。说起来,我今晚许的愿也是这个。"

胡牧远遗憾道:"生日愿望说出来可就不灵了。"

章驰抬手,左手五指自她耳畔,穿过她还带有湿意的长发。胡牧远微微战栗,正要抓住他手腕,章驰扣住她后脑,吻了下来。

这吻和先前的匆匆一掠大不相同。章驰微张的双唇覆住她的,几乎是含着她轻碾慢压,胡牧远被亲得心跳加速,不禁偏开了头。

章驰的唇擦过她嘴角,又稍稍退开,他说:"怎么不灵,这不就实现了。"

胡牧远:"你到底许了几个。"

"一个啊。"章驰不紧不慢道,"不就是你。"

"喊。"胡牧远别开目光。

"好不好?"章驰问她,"谈恋爱吧,好不好,胡绵绵?"

"不好。"胡牧远还是有理智在的,"章驰,你桃花这么旺,我吃不消。"

章驰气笑了，故意说："彼此彼此。"

　　"少拉我共沉沦。"胡牧远用从聂思臻那儿学来的话术回敬他，"总之我们不合适。你放开我，我要上去了。"

　　"哦。"章驰竟真的放开了手。

　　胡牧远站起身，还是说了一句："生日快乐，章驰，我走了。"

　　"我不快乐。不过你这么狠心，反正也不在意。你走吧。"

　　胡牧远在原地犹豫了几秒，最后看了一眼章驰平静的侧脸，转身离开。

　　周五晚，第一次来清吧的胡牧远窝在沙发角落，好奇地四处张望，对面坐了任倩婷的两个朋友，一直盛情邀请她们去旁边桌玩游戏。

　　任倩婷："你们先玩，我们等下来。"

　　两人一走，任倩婷就怒其不争地拍了下聂思臻："什么态度啊你，自己说要认识新的人，干吗又那么敷衍？"

　　聂思臻嘿嘿一笑："别当真啊，我就是说着好玩的。"

　　胡牧远见怪不怪："你信她？"

　　聂思臻直起身往楼下望，"哪位是主唱啊？"

　　任倩婷："你猜。"

　　一楼靠近门厅的砖墙边，蓝紫色调的幻彩灯条渐次亮起，围出一个颇为考究的小型舞台，台上站了几个正调试设备的年轻人，聂思臻一一看过去，竟然选不出来："谁啊，我怎么看着都差不多，鼓手，键盘，贝斯，不对，主唱是不是还没来？"

　　正说着，一个手提吉他，穿牛仔外套的高瘦男生走上了台。

　　"噢。"聂思臻的目光一直随着他移动，"这下就毫无悬念了。"

任倩婷得意道："怎么样？"

聂思臻："他叫什么名字？"

"施彧。施舍的施，彧是——"任倩婷一时想不到可以组的词汇，停顿了几秒，"或者的或多两撇。"

聂思臻点点头："彧彧其文，馥馥其芬。好名字，有内涵。"

任倩婷："掉什么书袋。"

聂思臻："有文化也不行？"

胡牧远："开始了。"

"方镜"乐队演绎的是一首胡牧远从未听过的英文歌，她音乐素养贫瘠，分辨不出众人乐器玩得怎么样，但这并不妨碍她被施彧吸引。

有的人站在聚光灯下仍旧黯淡，有的人天生自带追光，在哪都引人注目，施彧显然属于后者。他有一副偏锐利的俊美长相，比时下偶像团体里的门面有过之而无不及，这让他拥有了不少口耳相传慕名而来的小粉丝，偶尔会吹口哨鼓掌喝个彩。

施彧从来不回应，他不管唱什么歌，唱得多好听，神情都是冷漠的，周身好似竖起屏障，唱完抬脚就走，哪怕两首歌之间的短短间隙，也不在台上多逗留一秒。

聂思臻支着下巴，目光一直聚焦在施彧身上。

任倩婷背朝舞台自拍了几张，又拉着她们合影。

任倩婷修图时，聂思臻和胡牧远说："施彧如果做偶像一定是Ace[4]。"

4　指在偶像团体中的王牌成员或者游戏中的第一名。

胡牧远："因为好看吗？"

聂思臻："他很吸睛。一个团里长相最出众的人一般最先获得关注，但最受欢迎的却也未必是门面咯，毕竟每个人取向不同，有的人慕强，有的人慕丑，有的人只搞C⁵，有的人怜贫惜弱。"

胡牧远："谁会慕丑？"

"多得不得了。人人都有粉丝。"

"也许人家有人格魅力。"

"也许吧。偶像人气高低本来就是玄学。有人唱跳俱佳，甜美可人，就是不吸粉。有人舞台划水，采访臭脸，有的是人买账。"

"比如？"

聂思臻一口气数出了好几个名字："你就说是不是？"

"好像是。那施彧呢，属于哪种？"

"施彧长这样，当然老少皆宜了，不管什么属性都会忍不住多看两眼的。"

"你喜欢什么样的？"

"我喜欢在舞台上不可一世、耀眼夺目，在生活中也戴着面具的人。太面面俱到和太平均的偶像，会让我有种优等生的感觉，就，哦，你是不错，没什么问题，但你不是我心目中的大明星。你太平庸，你只是努力做到了你能达到的极致。但你没有光芒。"

"也许都只是人设。"

"是的。不然我也不能翻这么多次车。"

5　C位，即Carry或Center，核心位置的意思。

第八章

　　金宇律师事务所内，章驰点开合照时，柯宇鸣恰巧从后经过。

　　他凑近端详了一番，问章驰："哪一个？"

　　章驰息了屏。

　　柯宇鸣："也不见得比佳佳好看嘛。"

　　章驰："别老把我们扯一起。"

　　"还是之前那女孩？"

　　章驰闷闷地应了一声。

　　"碰壁了？来，跟舅舅说说，舅舅帮你排忧解难。"

　　"没什么好说的。"

　　"不说拉倒。"

　　"她要是不主动不拒绝，是什么意思？"其实拒绝了。

"这还用问？没那么喜欢你咯。"

"放屁。"

柯宇鸣摇头道："真不文明。"他穿上外套，"走，章驰，今晚不加班了。带你去放松放松。"

"方镜"乐队离场后不久，任倩婷带着胡牧远和聂思臻跟另一拨朋友玩起了骰子，胡牧远玩了几把，只觉又闷又吵闹，完全体会不到用所谓心理战术瞎报"几个几"的乐趣，便跑去露台的小沙发吹风。

她身后有桌衣着入时的年轻男女，围了个圈在玩"跳七"，出了错的要真心话大冒险。

胡牧远听见有女生扬声问："你第一次自己纾解是什么时候？"

胡牧远低着头，手指在屏幕上缓缓滑动，似乎浏览得很认真，其实一个字也没看进，注意力早集中在了别处。

可惜她没能听清男生的回答。

"看什么这么专心？"

胡牧远睁大眼，惊愕地看着突然出现的章驰。

"你怎么在这儿？"

"跟我舅来玩。"章驰放着对面宽敞的空座不坐，非要挤到胡牧远身边，"胡牧远，你偷听人讲话。"

胡牧远又想起刚才那个被章驰中断的问题。她说："对。我好奇啊。"

"好奇什么？"

"你第一次自己纾解是什么时候？"

章驰卡壳了几秒。胡牧远话已出口，覆水难收，索性坦荡荡地看着章驰。

章驰摸了摸鼻子，避开了她的视线。

胡牧远又问："是什么感觉？"

章驰含糊道："你试试不就知道了。"

"我又没有飞机。"

"有什么区别？"章驰忽然转头，直直盯她，"难道你没有冲动？"

胡牧远叫他盯得心中一悸，下意识否认："我没有。女生和男生又不一样。"

章驰："你想试吗？"

胡牧远："帮你吗？"

章驰的本意是探索自我，自给自足，可胡牧远这么回答，他脑子里难免出现相应画面。

胡牧远当然不是真的这么想，她只是话赶话，嘴上不肯服输。

章驰毫无预兆地吻了上来，他箍着她的腰，舌尖笔直探入她唇心，勾着她含吮磨缠。胡牧远根本未及反应，口腔已被他温热的气息填满，她哪里经历过这样湿黏细密的深吻，整个人瞬间烧成了熟虾米，正要推他，章驰已喘息着抽离，在她耳边轻声道："别聊了，胡绵绵。"

胡牧远耳朵也烧了起来："章驰，你得寸进尺。"

"对不起。"章驰彬彬有礼地道歉，话音里却听不出一丝歉意。

露台光线昏暗，他们所在的角落尤其。最亮的莫过于章驰落在胡牧远身上的目光。他说："胡绵绵，你的脸好红。"

"不可能。"胡牧远反驳。看得清就有鬼了。

"真的。"章驰勾着的食指抵在她脸颊上，"好烫。"

胡牧远："是你的手烫。"

章驰轻轻捏住了她脸上一点软肉，轻飘飘地问她："胡牧远，你是不是利用我。"

胡牧远心中一跳："啊？"

"你其实喜欢我亲你，你故意的，胡牧远。"

胡牧远没有否认。她沉默半晌，忽地抬头道："章驰，我们做恋人做的事，但不要当恋人。好不好？"

章驰因过于意外而挑起了眉，他听懂了她的意思，却完全料想不到这话会从胡牧远的口中说出。他一语不发地看着她，面色冷了下来。

胡牧远假作镇定地迎视他审视的目光。

"原来你这么玩得开。"章驰冷声道。

"不愿意算了。就当我没说过。"胡牧远若无其事道。

她往旁挪了挪，正要起身离开，章驰伸长的手臂一勾，直接将她拽了过来，她差点坐在他腿上。

"胡牧远，我不乐意你想怎么样，你打算换个人试试吗？"

"那倒没有。"胡牧远诚实道，"我只想跟你。"

"为什么？"章驰神色稍霁。

为什么？因为章驰总要来招惹他。因为她做不到心如止水。胡牧远认为身边没有叫人欣羡的恋情。任倩婷男友流水似的换，她看得累；陈颖与男友一年如一日，日日视频事无巨细地告知彼此生活新鲜事，她觉得负担；哪怕旁观了彬月和谢霄阳最甜蜜的热恋期，胡牧远也从未动过谈恋爱的念头。她抗拒和任何人开始一段持续的关系，在她看来，将情绪与他人捆绑是可怕的，尤其还要投入大量时间，太不值得。

可章驰来找她，她偏偏又没法决绝地拒绝他。

如果对方是蒋凌竹，她不会留有余地。但这是章驰，打小学起就绯闻不断的章驰。她去年十月重逢第一次见他，他和漂亮女孩在唱《不得不爱》，她的室友对他一见钟情，他身边有一个亲密的青梅竹马。她跟他什么关系都没有，他就这么肆无忌惮的，想亲就亲她。

胡牧远说："因为我自私。我好奇很多事，可是不想承担责任。"

其实她在今晚之前，在话出口之前，没有这样想过，说完她开始觉得这不赖，章驰答应就答应，不答应就不答应，大家两相情愿，十全十美。

章驰静静地看着她，心情已好转不少。他开始想胡牧远是不是个大笨蛋。

"你别后悔。"他说。

胡牧远很快就后悔了。

周一下午的《西方文论》课前，胡牧远身侧忽然冒出来一个闲人，她问他："你来干什么？"

"陪你上课。"章驰把书往桌上一放，双手抱胸，朝后一靠，天经地义似的看着她，"不是你说的吗？我们是有实无名的情侣关系。怎么，一起上课不算'恋人做的事'？"

胡牧远："你小声点！"

她左右看了看："章驰，你明知道我不是这个意思。"

190

章驰："我不知道。不如你列个清单给我。"

胡牧远噎了噎："你自己不用上课的？"

"这会儿没课。"

小教室里拢共坐了不过二十几人，陆续有人朝两人坐的方向瞥了好几眼。

"算了。"胡牧远将章驰的身体扶正，"坐好，章驰，要上课了，你别连累我。"

章驰："你怕什么？"

胡牧远："怕你太打眼，殃及池鱼。"

"夸我啊。"章驰笑了，轻轻道，"打眼也没见你多看我两眼。"

"你够了啊。"

"啧啧啧，"聂思臻抱着书往旁挪，"这情打俏骂的，我还是离你俩远一点。"

正式上课后，章驰不怎么抬头，他手中的书已看到三分之一，胡牧远扫了一眼，密密麻麻全是英文。

聂思臻问胡牧远："中午郑岚找你干什么？"

郑岚是文学系小有名气的一位青年教师，教她们写作课，胡牧远学期初交的一篇寒假作业经郑老师润色之后，投去了他相熟的一家文学杂志。当时他只是不咸不淡地通知了一声胡牧远，还叫她别抱希望，胡牧远当然没抱希望，想也知道要石沉大海，结果没想到这周竟收到了编辑的回信，说是已通过了初审。

即便不是什么知名刊物，胡牧远也足够高兴了。

聂思臻听了双眼放光："那岂不是有稿费？"

胡牧远比了个手势。

聂思臻："可以，可以。再接再厉啊胡大作家，争取著作等身，飞黄腾达。"

胡牧远平静道："我不做这种梦。"

下课之后，胡牧远问章驰："章驰，你这几年有没有回一小看过老师？"

"没有。"

"哦。"

"你呢？"

"我去年十月，回去看过王老师。你还记得吗？就是我们四五年级的语文老师。"

"嗯。"

"但是王老师调走了。我没能找到她。"

"去王老师家找啊。"

胡牧远十分意外："你知道老师家在哪？"

"小时候去拜过年。"

区一小很多教师都住同一片，离章驰家不远，贺佳宁每年过年给老师送礼都非拉着他一块儿，他当然记得。不过王老师后来有没有搬家，他就不确定了。

"想去吗？"他问胡牧远。

胡牧远："你把地址给我，我周五去一趟。"

"你找不到的。周五下了课我陪你去。"

"不好吧。"

章驰笑了："怎么不好？"

胡牧远委婉道："你不忙吗？"

"忙啊。"章驰好似听不出她的言外之意，看了眼手机，"学社有事，我先走了，周五见，胡绵绵。"

循实学社本质是个很散漫的组织，窦彬月在里边待了小半年，除开西鹜山团建那次，从来没见人齐过。

法学院一年到头大大小小的竞赛层出不穷，彬月每次在大赛的最终获奖名单中见到学长学姐的名字时总会自愧不如，他们所参加的比赛和她平时的小打小闹显然不在一个规模。

李雨洲从章驰包里抽出两本书，滑到窦彬月面前。

窦彬月拿起读了读，一本是《The United Nations Convention on Contracts for the International Sale of Goods》[6]，一本是《Commentary on the Un Convention on the International Sale of Goods》[7]。

她心中隐约浮出一个想法，又自觉过于不切实际。

李雨洲说："下半年的商仲杯你有没有兴趣？"

窦彬月猜对了，却丝毫不见兴奋，她很有自知之明，直接说："全英文赛程，我不行的。"

商仲杯是国内国际商事仲裁领域最高级别的英文模拟仲裁赛事，特点之一在于时间紧、任务重，从10月初发布赛题到11月底进行庭辩，队伍需要在不到两个月的时间内完成申请方和被申请方的书状写

---

6 《联合国国际货物销售合同公约》
7 《联合国国际货物销售公约述评》

作与庭辩准备。

李雨洲不以为意："英语怎么了，反正还有这么久，练啊。"

窦彬月看来天方夜谭一样的事，被李雨洲说得像喝水一样容易。先不说她能不能过五关斩六将挺进备赛队，不对，她肯定不能，她英文口语平平，商事仲裁一窍不通，简直一无所长。

她说："别开玩笑了，学长，这不是一朝一夕之功。"

李雨洲板起了脸："你的时间只剩一朝一夕了？试都不试先给自己判个死刑，窦彬月，你能不能有点出息？"

李雨洲当初向窦彬月抛出橄榄枝，是看中她勤思好学，肯下苦功，想着顺便带带，就当做好事。但几场比赛接触下来，他发现窦彬月是个内在和外表反差巨大的人，看着轻声细语，柔弱可欺，其实有磐石一样坚定的内心，越是危急时刻，她越不慌不忙，抗压能力一等一地强，天生就是一块做律师的好材料，就是胆子实在小，整天在一堆吃力不讨好、对履历助益甚小的活动里打转。他是看不下去了，才特意将她揪了过来。

窦彬月没说话，低着头默默翻开了书。

李雨洲语气稍稍缓和："这就对了嘛。窦彬月，你不要太小瞧自己。商仲杯没你想得那么难。就算进不去，准备的过程本身就是一种锻炼。"

窦彬月："我先看看书吧。"

"这两本不那么好读，你可以先看Loofsky教授的《Understanding the CISG》，建立对CISG[8]的体系化认识。"顿了顿，李雨洲说，"至于

8　联合国国际货物销售合同公约

口语，我发发善心帮你补补得了。"

棠大到岚秀一小横跨了三个区，得先坐地铁，再转公交。

胡牧远坐地铁还好，最后一小段的公交车程就有点难挨了。

往常独自或和好友一块儿坐公交时，胡牧远喜欢扶着柱子蹲在门边，以减缓不适。现下碍于章驰在，不好这么随便，她只能去后排的座位坐下。

章驰察觉到了："你不舒服？"

"晕车。"胡牧远额头浮了一层虚汗。

"别坐了。我们打的过去。"章驰皱眉道。

"一样的。忍忍就到了。你别和我说话了。"

胡牧远五指紧攥成拳，死死顶着肚子，她习惯将指甲深深刻进手心，利用锐疼转移注意力。

下车之后，胡牧远快步冲向垃圾桶。

扶着树呕了一阵，胡牧远舒服多了，她直起腰，擦净嘴唇，一转身，看见章驰拿着纸巾和水跑了过来。

"谢谢。"胡牧远接过水，漱了漱口。

章驰："好点了吗？"

"嗯，走吧。"

章驰将水又接了过来，递给她一根棒棒糖："要不要？"

"哇，要啊。"胡牧远口中发苦，确实很需要吃点甜的慰藉。

"你晕车晕这么凶？"

"习惯了，从小就这样。"

"吃药有用吗？"

"没用，晕车贴也没用。就干忍。"

"什么车都晕？"

"四个轮子的一般都晕，尤其是封闭式的、有异味的那种，公交车第一，出租车第二，摩托车就不会，比较平稳的高铁、地铁也不会。"

"你有驾照吗？"

"没有。"

"我去年学车，听师傅说开车的人不会晕车。"

"很多人都这么讲。"胡牧远想过要考，也在家中提过一嘴，但父母无人理睬她，于是她知道这额外的花销得自己承担，好在她钱已快攒够。"我打算今年暑假考。"

她走向路边的小超市："我们再买点水果吧。"

从小超市出来，章驰带着胡牧远转了个弯，推开铁门，进了一个颇有年月的老小区。

他凭着记忆一路找去，按了门铃却无人回应。

对门的大爷听见动静，出来和他们聊了聊。

他说王老师带小外孙去学画画了，可能要傍晚才能回来。

"啊……"胡牧远有些失落，就这么回去她不甘心，可是这会儿还不到三点。

"你晚上有事吗？"章驰问她。

胡牧远："我想等。章驰，你有事就先走吧。"

章驰："我是问你要不要去我家。"

时隔九年，胡牧远再一次跟着章驰造访他三楼的小天地。

"我小时候可羡慕你了。章驰，全世界最羡慕的就是你。"胡牧远站在漫画室的门口感慨。她现在长大了看，依然觉得壮观。

隔壁房门也是开着的，里边空空荡荡，只在墙边立了一台约两米高的仪器。

"这是什么？"胡牧远好奇道。

"玩VR的。"章驰将灯打开，"想玩吗？"

"怎么玩啊？我没玩过。"

章驰让胡牧远在屏幕前站着，手中用遥控器翻页，一系列带着"惊险""刺激""探秘"字眼的奇怪游戏自眼前滑过，胡牧远挑了个通俗易懂的："就极限过山车吧。"

章驰玩笑道："那你要站稳啊胡绵绵，我不会扶你的。"

"为什么会站不稳？"胡牧远有些不以为意，"这是平地啊。"

"嗯，是平地。"章驰若无其事地帮她戴上VR头显，又往她左右手各塞了一个手柄。

胡牧远眼前的视野几经变换，人忽然坐在了一个小小的车厢里，她的正前方有一条长长的铁轨，两边是连绵的高山，天空有飞鸟在盘桓，时不时发出阵阵嘶鸣。

"胡牧远，把安全带系上。"章驰的声音在她耳边响起。

"在哪里？"她没有找到。

"你往下看。"

"哦。"

安全带一经扣上，车厢立刻加速向上移动，胡牧远的身体也开始不由自主地后仰。

"嗯？"她跟跄了两步，想要控制住双脚，然而随着车厢越升越高，她背部像坠了千斤石，倾斜的幅度竟完全不受控了。

完了，完了，要倒了，要倒了。

胡牧远慌乱后退，身后忽然多了一只手臂，稳稳地撑住了她。

她听见章驰的笑声："这是平地啊胡牧远，你怎么站不稳？"

离顶峰越近，行进的速度越慢，胡牧远的心渐渐悬了起来，她有一种不祥的预感，果然下一秒，车厢突然以一种极快的速度向下俯冲。

"哦哦哦哦——"胡牧远也跟着往下栽。

章驰扶住胡牧远的肩，实在没忍住哈哈大笑。

有这么开心吗？

胡牧远分神了没两秒，就被吓得跳了起来，过隧道的时候，上方噼里啪啦掉下来一堆张牙舞爪的丧尸，扒着铁轨朝她扑了上来。

"别怕。"章驰边笑边安抚她，"碰不到你的。"

胡牧远僵直的四肢直到出了隧道才放松下来。

一段有惊无险的过山车结束，取下头显的胡牧远整个人都有点恍惚。

章驰还在笑，止也止不住。

胡牧远瞪着他："笑什么笑！"

"还玩吗？"章驰意犹未尽，"要不然再换一个？山地大摆锤好不好？"

"不要！"胡牧远敬谢不敏，"你玩啊，我看着你玩。"

"我都玩过了。"章驰放下手柄，"想不想看电影？"

"看什么？"

章驰随手放了一部十几年前的经典影片，开场不到十分钟，胡牧远就歪着脑袋睡着了。

　　胡牧远睡醒时，四周漆黑一片，她撑着扶手站起，壁角的感应灯亮了起来，她拿起手机看了眼，已经五点过二十。

　　章驰在二楼看资料，见胡牧远下楼，他扣上笔记本往旁一搁。

　　"睡得香啊，胡牧远。"

　　"你怎么不叫我？"

　　"没忍心。"

　　"时间差不多了，我们走吧。"

　　"我点了外卖，快到了，吃了再去也不迟。"他拍拍身侧，"过来。"

　　"干吗？"

　　胡牧远慢吞吞地走过去。

　　章驰放松地靠着沙发，十指在身前交叉，不动也不说话，一直看着她。

　　胡牧远真是看不惯他这副守株待兔的模样。谁怕谁啊，她想。这回她要先发制人。

　　章驰拉住胡牧远的手腕时，只是想亲亲她，一点没料到胡牧远会顺势跨坐在他身上。

　　她今天穿了条宽松牛仔裤，即便这样的姿势与性感毫无关联，章驰却依旧无意识地吞咽了下。胡牧远遮住了他的双眼，紧接着，有温软的吻落在他唇间。章驰闭着眼，看见一根小小的引线被点燃，他的四肢躯壳陆续有烟花盛开，他在炫目的火树银花里与她唇齿交缠，紧密相依。

胡牧远是点火的那一个，也是玩不起的那一个。能明显感觉到他某处变化时，她按着他的肩，坐直了身体，又镇定地将他的手从衣服里拿了出来。

章驰乖乖地任她摆弄，只另一只按在她臀上的手好像黏住了，不准她起身离开。

"放开啊。"胡牧远小声道。

"不要。"章驰声音沙哑，呼吸还未完全平复，"喂，胡绵绵，你不是吧，只管杀不管埋啊。"

"我觉得今天差不多了。"

章驰问她："你舒服吗？"

胡牧远嘴硬道："没感觉。你呢，你舒服吗？"

"嗯。"章驰很诚实，"再动一下，好不好？"

胡牧远就又动了动。

"算了。"章驰绷不住，掐着腰将她抱了下来，"你还是离我远点。"

"看吧。"胡牧远仗着男女构造不同大放厥词，"我就说男的才会这么冲动。"

"哦。"章驰似笑非笑道，"哪天你脱了我才知道你是不是骗我。"

胡牧远脸红了："你做梦吧。"

"也不是没做过。"章驰故意说，"梦里你乖多了。我想怎么样就怎么样。"

"呸。"

茶几上章驰的手机响了起来，打破了室内浓得化不开的旖旎氛围。是外卖打来的电话。

吃过饭，两人一块儿下楼，章驰让胡牧远在门口等他几分钟。

很快，一旁的电动卷闸门嗡嗡地升了起来。章驰开出一辆黑色小车，缓缓停在她身侧。

"上来。"

胡牧远很意外："这谁的车啊？"

车内宽敞整洁，连地垫都干干净净，似乎没什么使用痕迹。

"家里的。"

"你开走没关系吗？反正这么近，我们走路过去吧。"胡牧远心有担忧，"而且章驰，你什么时候拿的驾照啊，你车开得多吗？"

她碎碎念的同时，章驰侧身过来，一手拽过她的安全带咔哒扣上，一手卡住她下颔啵了一口。

"这么不放心我，送你去坐公交车。"

"不要。"胡牧远一想到公交车胃都要酸了。她话出口才觉不对，"等会儿，你是说晚上回去吗？章驰，你不是打算开车回学校吧？你今晚不在家住吗？"

"明天系里有事。"

胡牧远半信半疑，但车已发动，她抱臂紧贴椅背，不再说话。

等待门开的十几秒钟里，胡牧远有些紧张，也许王老师早忘了她是谁。她桃李满天下，春晖遍四方，哪能教过的每一个学生都记住。

王月琴从培训班一回来，就听邻居说下午有两个学生来找过她。

学生来访是常有的事，她没太放在心上，但万没想到来的是胡牧远和章驰。

这两个学生她都有印象，当老师就是这样的，只记得最优秀和最调皮捣蛋的学生，章驰两者兼具，还长得俊俏好看。

胡牧远初看不起眼，一写起文章来立刻脱颖而出，在班上其他学生还为了六百字的作文搜索枯肠地凑字、破折号都要画到第二行时，胡牧远随随便便就能写出一篇行云流水、洋洋洒洒的佳作。课堂上也格外才思敏捷，一点就通，是她从教生涯里遇到过的颇有灵气的女生。

不过她第一眼并没有认出两人。太多年了，小孩长成了大人，和小时候难免有差别，尤其胡牧远，何止十八变，跟从前简直判若两人。

但名字一报出来，王月琴立刻就想了起来，一时意外又惊喜："是你们啊！哎呀，快进来，你们怎么一块儿来了？"

胡牧远抢先道："在大学偶然碰到了，就约好一起来看看您。"

章驰："王老师好。"

"好好好。"王老师笑得合不拢嘴，"难为你们还记得我，老师很高兴，牧远，章驰，你俩现在考到一个大学啦？"

"嗯。我在棠大文学院，章驰在法学院。"

"不错不错，都很争气，来，坐这边，吃水果，牧远，你们平时课业紧不紧张？"

……

三个人坐沙发上聊了快两小时，胡牧远怕赶不及回校，不得不起身告辞。

　　"哦，是，你们有门禁，是要早点回去。"王老师送他们到门口，"我和老周都不会开车，不然就送你们过去了。这么远，还得转车吧？"

　　胡牧远没说章驰开车的事。

　　"没关系的，王老师，那我们先走啦，下次再来看您。"

　　"下一次来提前说一声，老师请你们吃饭。回去路上注意安全。章驰，你是男生，要把牧远安全送到哦。"

　　"放心吧老师。"

　　在轻柔的音乐里晕乎了一个多小时，车辆终于静止了。

　　"还好吗？"章驰拉开车门，俯身揉了揉胡牧远的耳朵。

　　"到了？"胡牧远踩上坚实的地面，才发现他们身处空旷的地下停车场。"这是哪？"

　　"西鹜别苑。我把车停这儿，顺便上楼拿东西。你怎么样，要吐吗？"

　　胡牧远摇摇头。章驰的车开得很平稳，车内又一丝异味也无，她的窒闷感不算严重，忍忍就过去了。

　　"走吧。"

　　胡牧远一直到进了门，才知道他们去的不是李雨洲家。

　　她踩着棉拖跟在章驰身后，目光从挑高的天花板移到形成直角的两面落地窗。

　　"喝水还是可乐？"

"可乐。"

章驰打开冰箱，开了一罐可乐递给胡牧远。

"先坐，我去趟书房。马上来。"

"好。"

胡牧远侧坐在沙发上，望向窗外的夜景，她还从没在这样的高度俯瞰过这座城市。

遥遥相对的标志建筑，霓虹闪烁的大厦，川流不息的柏油路，还有周边高校积木一样齐整的楼宇，通通被囊括进了视野中，像一幅五光十色的画。

茶几上堆了几本厚薄不一的刊物，基本都和法学相关，胡牧远盘腿坐在地毯上，随手抽出一本翻看。

章驰提着背包出来，第一眼没见到人，走近才看见胡牧远在翻书。

意识到她在翻什么后，章驰忽然想起他顺手夹在里边的东西。

章驰："在看什么？"

他绕过沙发，本想自然而然地自她手中拿回。可胡牧远头也不抬，大概浏览一遍又翻向下一页。

胡牧远："这些书你平常都会看吗？"

胡牧远完全是走马观花，想看看里边刊登的文章类型，不想章驰直接给抽走了。

她没当回事，换了本新的，可还没来得及翻开，又被章驰半路截胡。

她举着空荡荡的手看向章驰，章驰也看着她，两人对视了几秒，她终于察觉出不对劲。

"很无聊的。"章驰若无其事地将手伸向余下的期刊，想一并收起。

胡牧远迅速抢出一本，刚起身便被章驰抓住了手腕，书掉在茶几上，好巧不巧打翻了可乐，即便立马被扶正，依旧咕嘟咕嘟涌出了不少汽水。

幸好两人动作快，一个飞速提起了杂志和胡牧远不幸被波及的手机，一个扯了纸巾从边缘开始挽救，才不至于滴落太多进地毯。

胡牧远心存歉意，残局就收拾得格外认真，擦干净了抬头，却见章驰指间夹了张布满折痕的纸，脸色不豫。

而她早已分离的手机和手机壳，在他的另一只手上。

章驰问："谭一舟是谁？"

胡牧远在看清的那一瞬已明了他拿的是什么，没有人会比她更熟悉那张写满了名字的纸。她第一次没有扔，后来更没有扔的理由，于是每一次更换手机壳，她都保留了它。

可是她要怎么说？怎么说都显得一厢情愿又奇怪。

章驰的神色因她的沉默越发难看，他走到她身侧坐下，也把她拉了起来，不打算让她这么蒙混过去。

"前男友？"

"不是。"

"那是谁？"

"就是一个哥哥。"

"什么好哥哥让你这么念念不忘？名字要写这么多遍，还夹在时刻不离身的手机里。胡牧远，你每天都在想谁？"

"我跟他很久没见了。真的就是一个哥哥，小时候认识的。说不准早忘了我。"

胡牧远语气中有显而易见的遗憾，听得章驰几乎咬牙，见面怎么样，没忘又怎么样？他控制着情绪，尽量平稳道："多小？我怎么不知道。"

"你为什么要知道？我们那会儿也没有熟到无话不谈吧。"胡牧远伸手，"还我。"

章驰不光不想还，还想揉碎扔进垃圾桶里，他刚才就不该扶起那听可乐，应该任由这纸被浸湿泡烂。

"给我啊。"

胡牧远见章驰不动，便主动去拿，章驰手一扬，纸被撕成两半。

他总算痛快了点，胡牧远却愣住了，陪了她大半年的"许愿签"竟就这么破了。

"没关系。"胡牧远捻着残缺的纸张起身，面无表情地往外走，"破了就不要了。我回去重写一张。"

她知道章驰是存心的。也知道怎么气他。

"胡牧远。"章驰冷声道，"你有写过我的名字哪怕一次吗？"

"我为什么要写？"胡牧远硬邦邦道，"我就要写他，跟你有关系吗？"

又一个周五，在方镜乐队演出时，偶尔会去海云天捧场的聂思臻获知了一个令人意外的消息：施彧被某经纪公司签走了。

胡牧远："真的啊，那他岂不是会出道？"

"应该吧。哎呀，早知道就把拍他的那些照片洗出来找他签名了，讲不定以后还能卖钱。"聂思臻惋惜道。

"可惜了呀，错过一个发迹的好机会。"

"也不知道施彧是被签去做歌手还是偶像。"

"你希望他成为什么？"

"我觉得他适合做偶像，但内娱目前没什么适合偶像生长的土壤，不过歌手也不见得容易了。"聂思臻边说边打开笔记本，继续未完成的视频剪辑，"算了，想那么多干吗？我还是多操心操心我自己。"

胡牧远："你还没做完？"

聂思臻暑假想去以娱乐节目著名的某电视台当实习生，简历要求附一个六十秒的视频，她已为此熬了几个夜。

"还差得远呢。牧远，你后天有时间吗？陪我去小广场拍点素材？"

"好啊。"

敷着面膜的任倩婷走到胡牧远桌边，居高临下地看着她。

胡牧远："干吗？"

任倩婷嘴唇微动："你不用约会吗？最近怎么没见章驰？"

胡牧远："闹掰了。"

那晚她从西鹜别苑负气离开，章驰很快就跟了上来，回校的一路，他一直不远不近地与她保持距离。

进入宿舍楼时，胡牧远气已消了大半，回头却只见章驰大步走远的背影。

任倩婷："我就知道。"

刚刚热起来的初夏，日日都是晴空万里。

胡牧远和聂思臻在喷泉池边拍完预先设想的几个镜头，被晒得有点晕，便找了个有树荫遮蔽的木椅休息。

　　木椅往后，是密密匝匝种满了栀子花的绿化带，这时节正是盛花期，绽放的花朵像团团白雪，挤挤挨挨地点缀在枝间，清雅馥郁的花香弥散在校园的每一个角落，熏得人昏昏欲醉。

　　聂思臻低着头察看相机里的画面，胡牧远捡了两片花瓣，闻一闻又揉一揉。

　　一个蓝白相间的足球骨碌骨碌滚至她脚下。

　　胡牧远转头，和站在几米开外的章驰四目相对。他身旁还有一位戴眼镜的高个男生，跟他一同走近。

　　胡牧远脚尖微动，将球踢了出去。

　　章驰定住球，轻轻踢向一边，脚步却并未停下。

　　"胡牧远。"他叫她的名字，声音平和，仿佛什么都没有发生，"你上次落了东西在我家，准备什么时候来拿？"

　　聂思臻讶异抬头，略带兴味的目光在两人间转了转。与章驰同行的周沅林更显意外，挑高了眉先看友人，再看眼前面生的胡牧远。

　　"我怎么不记得。"胡牧远慢慢道，"章驰，你别不是记错了人，张冠李戴吧。"

　　"是不是你的，来看看不就知道了。"

　　"我不去。"胡牧远压根不信。

　　"胡牧远，就算你不要自己的东西，欠我的是不是要还我。"

　　"我欠你什么了？"

　　章驰看了一眼聂思臻，聂思臻自然心领神会，她只当日行一善，找借口离开了是非之地。

周沅林走远之后，仍忍不住回头望了眼。

他跟章驰同窗六七年，一路见证了他太多桃花。章驰这人太可恨，小的时候对女孩没什么泾渭分明的界限感，平时一句玩笑，一个举手之劳，就可能叫一个情窦初开、定力不足的女生错会。

到后来，章驰意识到麻烦，便刻意收敛了，可架不住他的脸招蜂引蝶，甚至他越冷脸，怀了不纯动机接近他的女同学越多。

章驰索性听之任之，绯闻女友换了一个又一个，却从没和谁真的在一起。只有一个贺佳宁，偶尔会出现在章驰家，或和他们一同出游。曾有好友私下戏言贺佳宁是章驰最终的lobster⁹，周沅林却不这么认为，在他看来，章驰对贺佳宁也没什么不同。

真该把章驰方才无事生非的样子录下来，周沅林想，相信几位好友人人都要大跌眼镜。

"你欠我的多了。"章驰坐到胡牧远身边。

胡牧远怎么不明白，她直接说："章驰，你花样怎么这么多。"

章驰："你怎么能一次都不找我。"

"你不也没找我。"

"哦。"章驰笑笑，"我不找你，你就不找我。"

胡牧远看了会儿章驰的手，主动牵了上去。

章驰看着她："你什么意思啊，胡牧远。"

"没啊。"胡牧远在他手心里蹭了蹭，"你闻闻香不香。"

章驰何止手心痒，他浑身都似羽毛挠过。

9　龙虾。美国俚语中"你是我的龙虾"You are my lobster的含义：你是我的最爱。

“到底是谁花样多。”他低声呢喃一句，扣紧她五指，重重吻了上去。

重又搅在一块儿的胡牧远和章驰默契地对那晚的争执绝口不提。

章驰照旧随心所欲，想来见她便来见她。而胡牧远则越来越深刻地意识到她当初那番“不做情侣”的说辞有多么单纯和此地无银三百两。

不出半月，文学院同级生几乎人人都认识了章驰。甚至胡牧远的大名也远扬到了法学院。窦彬月的室友吕盼大感被背叛，抓着彬月好一通“刑讯逼问”。

胡牧远满面愁容，她如今关注度升高，被点名率居然也急剧升高，聂思臻为了自保，已弃她而去。

“你能别这么幼稚吗？”她小声问始作俑者。

“不能。”章驰不动声色地翻书，“有人那么忙，周末一起自习都不肯，我只好争分夺秒了。”

胡牧远笑了：“你少装模作样啊章驰，你说的是自习吗？你说的是去西鹜别苑。”

“有什么区别？”

“你说呢。”

她一共去过那儿三回，有两回是跟他胡闹。胡牧远算是知道了，她跟章驰就不能放在密闭空间独处。平时无所谓，周末时间宝贵，老这么稀里糊涂地荒废掉，她的《误我》何年何月才写得完。

“原来你担心这个。”章驰意欲不明地看了她一眼，慢条斯理道，“胡绵绵，你不如仔细想想，是我一个人的错吗？”

胡牧远脸一热，那倒也不是。

"好吧。"胡牧远权衡再三，让步道，"去也可以，但要先约法三章。章驰，说自习我们就真的好好自习，你不能无缘无故干扰我，我也不打扰你。"

　　"嗯。"

09 第九章

周日晚九点多，胡牧远背着书包回宿舍。她的室友中有两位已上了床，只有陈颖还开着台灯在预习。

胡牧远洗漱完，才在床边坐下，唯一知道她去向的聂思臻便窸窸窣窣地爬了过来，小声玩笑道："我以为你今天回不来呢。"

胡牧远也小声回："怎么可能。"

聂思臻："今天有写吗？"

"有。"

说来奇怪，她坐在章驰的书房里，效率竟出乎预料的高。

往常胡牧远想写点什么，很少去人来人往的图书馆，总喜欢找间空教室待着。但空教室并不总无人问津，她被打断思绪是常有的事。

可在章驰家不会。他家那么空旷、安静，她沉心在刀光剑影里，几小时倏忽一会就过去了。

临近中午，胡牧远合上笔记本，拉开虚掩的门出去。

章驰坐在餐桌一角，手边摆了书和平板，他低着头，神情专注，修长十指在键盘上纷飞。

胡牧远靠在墙边，静静看着他。

同为法学生，胡牧远偶尔会比较彬月和章驰之间的差别。彬月是胡牧远见过最忙碌的学生，要参加文书竞赛，要准备模拟法庭，要去社区普法，要持之以恒地补充词汇量，勤练口语。她们每回碰面都要将就彬月的时间。

章驰就不同了，他永远都是一副无所事事的从容模样，似乎跟在学业上得过且过的聂思臻和她别无二致。

胡牧远也曾这样认为，直到看见即便在文学院的专业课上旁听都能心无旁骛阅读的章驰。

"好看吗？"章驰问她。

"章驰，你为什么会学法呢？"

"过来就告诉你。"

乖乖过去的胡牧远当然没有得到答案，章驰摘掉了她的眼镜，推她去了沙发。

胡牧远："喂，说好的互不干扰呢？"

章驰吻她的嘴角："劳逸结合也不行？"

餐前要劳逸结合，餐后要饱暖思淫欲。好在一天如此漫长，虚度一些光阴用于知识盲区的切磋求索也不算什么。

从六月起，各门课程渐渐进入了尾声，吊儿郎当大半学期的胡牧远收了闲心，开始抓着尾巴认真听讲。为避免最后时刻复习太忙乱，胡牧远闲时要浏览文学史，每晚读一读古汉语的背诵篇章。

　　不光书面考试，体育临时抱佛脚的也不在少数。宿舍走廊上三五不时能看见蹲着马步"野马分鬃""白鹤亮翅"的花季少女，胡牧远当然也在其中。学太极拳无鱼可摸，胡牧远自认态度挺端正的，可惜天分差了不止一星半点，她都跟着优等生陈颖上小课了，依旧只能照猫画虎学个不伦不类。

　　"真想给你在这装面大镜子。"聂思臻在一旁边围观边笑。

　　"用不着。"胡牧远白了她一眼，收势站正，"算了，不强求了。有些东西勉强不来。"

　　陈颖安慰她："已经好很多了，再练练一定会更好的。"

　　聂思臻感动道："陈颖，你人真好。"

　　陈颖也笑了："那不得鼓励教育嘛。"

　　胡牧远："就是。聂思臻，你这人就会幸灾乐祸，落井下石，一点不懂教育。"

　　聂思臻："救命呀，好大的帽子呀，压死我啦。"

　　胡牧远："哪儿呀，我怎么没看见。"

　　聂思臻："你戴的你肯定看不见了。"

　　胡牧远："喊。"

　　聂思臻也："喊。"

　　任倩婷无语道："幼稚。"

　　胡牧远和聂思臻："喊！"

寝室里安静了一阵，聂思臻滑着转椅到胡牧远身边，拿起她桌上小学四年级的数学教科书翻看。

胡牧远："怎么了？"

聂思臻："小学生有这么麻烦吗？你这都做几天了。"

胡牧远："快结束了。"

胡牧远带了近一年的学生梁溪同样即将进入期末复习，胡牧远梳理了她三门主科目的教材，又分题型广摘练习，做了三份详尽细致的复习资料。

聂思臻："胡牧远，你以后会当老师吗？"

胡牧远毫不犹豫："不会。"

聂思臻惊讶于她的斩钉截铁："这么肯定？"

"是啊，为什么这么肯定？"陈颖也问，"老师不是挺好的嘛。"

"是挺好呀。"胡牧远不欲多说，"但我不太喜欢。"

第一门专业课《现代汉语》考完，胡牧远自我感觉良好，在走廊等聂思臻从洗手间出来时，听见两个面色不忿的女生正在说话。

一个说："有没有搞错啊？这课复习范围那么广，囊括内容那么多，花我那么多时间，结果试卷出得如此简单！"

"我懂我懂，就好比你千辛万苦练就了庖丁解牛的技术，气势汹汹地上阵，结果人家只问你牛有几只耳朵！"另一位深有同感。

"可不是嘛，气死我了！亏大了。"

胡牧远忍住笑，和聂思臻同走在林荫道上时才学给她听。

聂思臻哈哈大笑："还别说啊，我拿到试卷也可意外了，没想到老师心地这么善良，这么关照我。"

"哦，原来是托你的福。"

"那当然。你不知道我给老师托了梦吗？"

胡牧远抬手戳了戳聂思臻的脸。

聂思臻："干吗呀？"

"真厚啊。"

聂思臻笑了，抬手要戳回来："你脸皮薄，我倒看看你脸皮多薄。"

胡牧远边躲边跑，没跑几步便被人拉住了手腕。

林木掩映的小径不知何时走出来两个人，是章驰和他的朋友。

章驰："这么开心？看来考得不错啊胡牧远。"

胡牧远："还行吧。"

聂思臻："不然我先走？"

"别啊。"胡牧远立马和章驰告别，"拜拜。"

"不要。"章驰不肯放手，"一起吃饭吧。"

胡牧远："不行。不是说好考完再见吗？"

章驰："巧遇也算？"

"一样的啊。这种紧要关头，一寸光阴一寸金，我们要打包回宿舍吃的。你别耽误我上进啊，章驰。"

"好。"章驰气笑了，威胁性地捏了捏她的手心才放开，"你等着的，胡绵绵。"

文学院的考期比法学院要晚一天结束。

胡牧远顶着黑眼圈在沙发上坐了没几分钟，上下眼皮便合在了一块儿。

她昨夜背《文学概论》背到一点，今早五点又起床继续，此刻脑子嗡嗡的，已是强弩之末了。

等到夕阳西沉、暮色四合，胡牧远终于从睡梦中醒来。

章驰拿着手机站在窗边，不知和谁打电话。

他听见胡牧远从卧室出来的动静，转身朝她伸出手。

胡牧远慢悠悠地走过去，环住他的腰。章驰的怀抱宽阔紧实，挂着很有安全感，胡牧远抱过一回便喜欢上了。如果让她票选最钟情的亲密活动，她一定投给拥抱。可惜有人不这么觉得，大手在她腰间抚了抚便从衣服下摆伸了进去。

胡牧远抬头，章驰也正看着她。他面色一本正经，语气不紧不慢。

胡牧远："你要流氓。"

电话那头静了静，有男声骂了句，迅速挂了电话。

章驰随手扔了手机，将她打横抱起。

……

"太累了。"胡牧远躺在床上感叹。

章驰站在床边，递给她一杯水。

"想不想出去玩几天？"章驰问她。

"去哪？"

"你想去哪都行。"

"我不想去哪啊。"胡牧远说，"而且我明天要回邵城。"

章驰嘴角带着的一点笑消失了："这么快？"

"彬月想早点回去，她已经等了我一天了。"

"一定要跟她一起走？"

胡牧远好笑道："当然了。不然你陪我回去？"

"好。"

"我不要。"胡牧远随口一呛而已，怎么可能真因色忘友。

章驰看着胡牧远，半晌没说话。他特意往后推了跟舅舅柯宇鸣去外省调研的日期，一心想和胡牧远多待一阵，结果有的人一天都不肯多留。

"生气了？"胡牧远怎么察觉不出，她拉他的手，"别呀，章驰，我们九月再见就是了。"

章驰反手握紧，将她拽了起来。

"你今天别睡了。"

次日，胡牧远顶着与前一日不分伯仲的熊猫眼，一路睡了大半程。

窦彬月见她醒后仍旧哈欠连天，有些不解："你怎么这么困啊，昨晚没睡吗？"

"睡是睡了。"胡牧远靠在彬月肩头，"睡不够嘛。"

当然不够了。昨夜她第一次在章驰的床上过夜，也第一次见识到一个人的精力到底有多无穷。

之前他们无论如何胡天海地，最后关头总会悬崖勒马，胡牧远不敢抱有侥幸。昨夜不知道怎么了，也许即将分别两个月，也许她被折腾得双腿发颤，实在使不上力气，也许章驰的动作过于温柔，她昏了头，才会问他想不想用夹在期刊里的东西。章驰什么时候买的她不知道，可她早就看见了。章驰沉默了好一会儿，咬着牙说不要，她问为什么，他说不想暑假太难熬。

"哦——"彬月了悟道，"你是跟——"

她话未出口便止住了，浅浅笑了笑。

胡牧远："怎么啦？"

"没什么啊，就是有点意外。对了，牧远，章驰进了'商仲杯'预选队，你知道吗？"

胡牧远摇摇头："那你呢？"

"我没有过面试。"窦彬月神情中并无多少失落，"其实也是意料之中，准备时间太短，我的语言、应变能力都不及别人，能走到面试已经很开心了。哦，还有，牧远，你记不记得和我们一起在西鹫山玩的陶学姐和朱彬学长？他们也进了。"

"那那个李雨洲学长呢？"

"他……"彬月卡了下壳，"他去年打过'商仲杯'了。"

"哦，对，你之前讲他还给你辅导来着。"

"学长是帮了我很多。"彬月有些不自然地将眼神转向别处。可惜她给搞砸了，他以后再不会帮她了。

胡牧远玩笑道："哎，彬月，你觉不觉得这个学长对你好像格外好？"

"没有啊。学长对谁都挺好的。"彬月岔开话题，"章驰他们八月份应该会回校集训，牧远，你要提前来棠城吗？"

"不啊，我暑假好多事。"

"那你们岂不是两个多月不能见面？"

"有什么关系，见不到正好。"胡牧远口是心非道。

九月上旬，胡牧远拖着行李箱从闸口出来，没走几步，箱子和手就都被人给牵住了。

"走吧。"

章驰拥着她，步子迈得飞快。

"你怎么知道我今天到？"章驰将车开出停车场，汇入主干道之后，坐在副驾上的胡牧远问他。

胡牧远和章驰在暑期的联系并不频繁。她一如既往不爱发消息，他也不怎么给她发，只专挑她玩手机的点冷不丁打个视频来，大概是摸透她作息了。

她问他："章驰，你有什么事不能发消息说吗？"

章驰："不能。"

"怎么不能？"

"发消息你回吗？"

"你每次也没什么事，要我回什么。"

"怎么没事？"

"有什么事？"

"你亲亲我。"章驰将脸凑到屏幕前。

胡牧远："……神经。"

"胡绵绵，你脸红什么。"

"没你多。"

"那倒是。"章驰盯着她的眼神似乎带了灼热的温度，弄得胡牧远目光飘忽，几乎不敢对视。

"我挂了，拜拜。"胡牧远立时按下红键。

被章驰撩拨过的夜晚没有那么好过，最好就是及时止损，早早掐灭。

"想知道不就知道了。"

章驰偏离主路，驶入一条颇冷清的柏油路，开出去几百米后，他打亮右转向灯，靠边停车。

胡牧远扫了眼四周陌生的景致，只当他中途有事。

"你要下去吗？"她问。

章驰一语不发，松开安全带，侧身压了过来。

胡牧远这下明白了，她抓着章驰把住她半边脸颊的手。

"喂，这是在路上。"

"先亲会儿再走。"章驰可不管那么多。

十一月下旬，章驰去北城的第二天恰好是周日，胡牧远和聂思臻一起去了东泰中心。

聂思臻问她："章驰这次比完赛回来，应该就没那么忙了吧？"

胡牧远："嗯。"

章驰昨日临行前来找她，说是这么说的。

"真可怜。"聂思臻啧啧道，"明明是同校的小情侣，弄得跟牛郎织女似的。"

"哪那么夸张。"

他们这学期在一块儿的时间确实不多。九月还好，十月初"商仲杯"公布赛题之后，章驰等人便开始围绕争议焦点进行文书准备和仲裁准备，无论是程序组还是实体组，研究员还是辩手，人人都要草拟书状，最后进行整合，为了确保行文措辞和格式一致，教练会要求全组队员聚在一台电脑前逐字逐句修改。十一月除了文书之外，每天还要按照正式比赛的节奏进行数小时的口头训练，三五不时与友校进行模拟预赛。章驰作为实体组的辩手，要兼顾学业和备赛，自由时间所剩无多，和她见面难免要见缝插针、争分夺秒。

"我是不夸张，章驰才夸张。哎，牧远，他整天把你那根发绳套手上招摇过市，真能挡桃花吗？"

"我怎么知道。"胡牧远推着聂思臻往丝芙兰走，"你不是要买化妆品，去啊。"

聂思臻暑假在电视台实习了两月，描眉画脸的技术突飞猛进。她挑了几支适合秋冬的口红，在自己上下唇各涂了一色，又抓着胡牧远试。

胡牧远："好了没啊？"

聂思臻捏着她下巴端详了一番，将她转向镜面："好不好看？"

胡牧远照了照，又抿了抿，她唇上丝绒般的浅浅梅子色便洇得更深。

"还行吧。"

"明明很好看。"聂思臻盯着镜子里的她，"牧远，你这么白，脸上又一点瑕疵也没有，涂点口红简直光彩照人，妆都不用化了。"

"你涂也很好看啊。"

"我买了送给你吧。"

"无缘无故你干吗？"

"怎么无缘无故，就当感谢你过去一年不辞辛苦帮我带饭的大恩大德，牧远，要不是你，我都不知道要忍饥挨饿多少顿。"聂思臻眨巴眨巴眼睛，神情十分感动。

"神经病。我不要。我自己不会买？你快照照镜子吧小倩，演技也太差了。"胡牧远嫌弃道。

"不会吧。"聂思臻真的对镜检查表情，"奇怪了，我一片发自肺腑的真心怎么会差？"

"那要问你自己了。"胡牧远记下色号，叫柜姐拿了一支新的给她。

"你真要买啊，牧远，你不是从来不用这些东西吗，你不是被我绑架的吧？"

"是啊，就是被你绑架的。"

"喊。哦，我明白了，有的人是要为悦己者容，唉，可美了章驰了。"

"你快选吧你。"

"我在选呀。"聂思臻哈哈笑，"你说我买哪一支呢？"

"下面这个吧。"

"我也觉得。"

埋完单出来，胡牧远和聂思臻各端一杯果茶，沿着扶梯一路往上，在别的楼层逛了逛。

聂思臻问她："你《误我》连载得怎么样了？"

胡牧远想了想："刚到师姐落网，张星楚去救。差不多三分之一吧。"

"看的人多吗？"

"好像没几个。"

"啊？为啥？"

"很正常啊。"胡牧远十分平常心，"我一个初出茅庐、籍籍无名的新人，哪儿来的读者。"

"也是，一开始是这样，牧远，不如我帮你宣传宣传？"

"不用。实在没人看，就说明不好看，那我这么默默无闻地更完也挺好的。"

逛到果茶见底，两人轮流去了趟洗手间。

胡牧远晾着手，刚从通往洗手间的宽敞廊道走出，就被一突然冲过来的小女孩撞了个趔趄。

小女孩猛地这么一撞，手中的薯条和鸡米花全飞了起来，人也眼看要朝后摔倒，胡牧远赶紧抓住她手臂将人扶稳。

"没事吧？"胡牧远蹲下来问她。

女孩看着才四五岁大小，一边拍胸口自我安慰一边朝她笑："还好还好，有惊无险。"

"谭可意！"一道略带严厉的男声自不远处响起。

"哇！"谭可意脖子一缩，游鱼般钻到了胡牧远身后。

胡牧远站起，看见一提着粉色背包的高个男人，快步走了过来。

随着人越走越近，胡牧远逐渐傻眼。

她的时光沙漏飞速反向流转，越过数不清的缤纷画面，又回到了小时候，回到了新村旁的篮球场。

那时每年都能见到的一舟哥哥，八九年未见的谭一舟，忽然又出现在了她面前。

胡牧远狠狠揉了揉眼睛，又迅速睁开。

"不好意思，女儿太调皮了。"谭一舟朝胡牧远略带歉意地笑笑，"谭可意，你是自己出来，还是我揪你出来。"

谭可意不出声。

谭一舟："我数三下。"

谭可意探出半个脑袋，讨价还价道："那你别打我。"

"少血口喷人啊，我什么时候打过你？"

"哈！"谭可意叉着腰反驳，"怎么没有？明明有！"

谭一舟伸手，抓着谭可意的棉服帽子将人提到了跟前，严肃道："谭可意，我有没有说过，出了冰场，就不可以溜着走路？"

谭可意见爸爸真板起了脸，立刻乖巧了，小声回答："说过。"

"那你错了吗？"

"错了。"

"跟姐姐道歉了没？"

谭可意摇摇头："忘记了。"

"跟姐姐好好道歉，有诚意一点，不然下周日爸爸可不一定有时间带你过来滑冰了。"

谭可意转过身给胡牧远结结实实鞠了一躬。

"姐姐，对不起，我不应该溜着走路，我知道错了，你可以原谅我吗？"

胡牧远："可以呀。"

"耶！"谭可意高兴地一拍手，"爸爸，这样可以吗，我们下次还来好吗？"

"你先把地上的东西捡干净。"

"谭一舟。"胡牧远看着谭一舟，直接叫出了他的名字。

从谭一舟站在她面前起，胡牧远一直没少看他，他也并非毫无察觉，可并不怎么在意。胡牧远不知道他是没有认出她，还是早已忘了她。不过那都没所谓了。

谭一舟挑眉，意外道："你认识我？"

捡薯条的谭可意也抬起头："姐姐，你认识我爸爸？"

"是啊。"胡牧远笑了笑，"好久不见啊，一舟哥哥。我是胡牧远，你不记得啦，以前你在新村打篮球，我老守着你捡瓶子来着。"

谭一舟讶异地看了她几秒，而后笑了起来："不是吧？"

"是啊。"胡牧远叹了口气，假装失望道，"你果然忘了。"

"是差点忘了。"谭一舟单手插兜，退后一步，略带惊奇地上下打量她，"小牧远，果然女大十八变啊，这你要是不叫我，我是认不出来。"他记忆中，她一直跟个假小子似的，怎么一眨眼长成了个文静的淑女。

胡牧远："那人总要长大的嘛。"

"我想想，是很多年了。怎么，胡牧远，你又回棠城了？"

"我在棠大读书。"

"可以啊，叫声学长来听听。"

胡牧远笑了，想起她第一次见谭一舟，他也诓她叫哥哥来着："学长，你都毕业多少年了。"

"毕业二十年你不也是我学妹。"

"爸爸，我捡干净了。"

谭一舟接过谭可意手中重又装满的纸盒，拿纸巾给她擦了手。胡牧远握着手机，正找时机开口，就听谭一舟说："胡牧远，我晚点要去医院值班，得先走了，有时间哥哥请你吃饭。"

"什么时候？"胡牧远话出口才觉唐突，"我是说……我可以加一下你微信吗，一舟哥哥。"

"行啊。"

目送谭一舟父女进入升降电梯后，胡牧远收起了笑容。

"谁啊？"旁观多时的聂思臻悄无声息地走到胡牧远身侧。

"你怎么……"胡牧远吓了一跳，"你去哪儿了？"

"就在那儿啊。"聂思臻指向右后方的内衣店，"等你的时候进去逛了一圈，看你跟人说话，我就没过来。牧远，刚刚那谁啊，你又从哪儿认识了这么个大帅哥？"

"就不能是刚刚认识的？"

"不可能。我还不知道你，陌生人面前最爱装内敛装腼腆，能聊上就怪了。"

"其实跟陌生人也差不多了。"胡牧远嘀咕了句，挽住聂思臻，"说来话长，下次再跟你讲。"

经过循环赛、淘汰赛的激烈角逐，章驰所在的棠大代表队一路杀进了总决赛。

周五最后一场比完，胡牧远收到彬月转自校公众号的一条简讯："棠城大学法学院时隔七年再度问鼎'冠军'，法学院2015级本科生章驰荣获'最佳辩手'称号"。

Yes！胡牧远坐直身体，心底有个小人握拳欢呼。

她打开和章驰的对话框，发去一个祝贺的表情包。

章驰的电话立马打了进来。

"在干吗？"他问她。

"没干吗，你呢？"

章驰那边的嘈杂声渐远渐轻："聚餐，跟教练一块儿。你在宿舍？"

"嗯。"

"我今晚回来。"

"今晚？为什么这么赶？"

"我买了夜班机。可是有的人在宿舍，我回来也见不到。"

胡牧远笑了："你想怎么样？"

"想见你，想亲你，想和你睡觉。"章驰靠在无人的墙角，调笑着问她，"可以吗？"

"不可以。"胡牧远拖长声音回绝，"明天见。"

凌晨时分，章驰带着一身水汽从浴室出来，亲了亲床上说"明天见"的某人，一块儿沉入了梦乡。

"下午别回宿舍了。上完课我来接你，我们去苏城玩两天，周一再回来。"

"这么突然？"

"你上次不是在看攻略？"

"我随便看看的，而且我明天有事。"

"有什么事啊，胡绵绵，我们都没怎么出去玩过。"

"周末这么短暂，出去一趟多赶啊，等假期多一点再一起去玩，好不好？"

章驰捏她的手："你最好不是哄我。"

胡牧远看了会儿章驰，欲言又止。

章驰："说啊。"

"没什么。"胡牧远舔了舔嘴唇，最终还是什么都没说。

周日下午的东泰中心热闹非凡，周沅林陪女友齐绘坐在中庭转角处，等服务员打包甜品。

两人同在医学院，课业繁重，出来放风的时间少之又少，齐绘靠着他四处望了望，忽然"咦"了一声。

周沅林："怎么了？"

齐绘隔着玻璃护栏，指向一楼的冰场："沅沅，你看那是不是谭一舟？"

"谁？"

"啧，谭阶教授的孙子啊，在二院神经外科当主治，谭老有时回学校上课，他会来做助教的。"

谭阶教授的声名周沅林当然如雷贯耳，但他一个本科生，哪上得着谭教授的课，更别提对谭一舟有印象。

"看见没有？就那个高高的，穿灰蓝外套的那个，旁边还有个女孩子，哎，那女生是谁啊，他女儿肯定没这么大。"

"人家一家三口来玩不是很正常。"

"怎么可能，他早就离婚了。而且你看那女生像当妈妈的人吗？"

"知道得这么清楚？"周沅林瞥她一眼。

齐绘嘿嘿一笑："我听学姐们说的，大家都可关心了。"

"无聊。"

"无聊你还看。"

周沅林若有所思道："这女生有点眼熟。"

"真的假的？"齐绘兴致勃勃地凑过来，"难道是我们院里的？不会吧，那可是大新闻了。"

"不是。"周沅林想起来了，"她是章驰女朋友。"

"你没看错吧？"

"是她。"周沅林皱着眉，费解道，"他们为什么在一块儿，她怎么会认识谭一舟？"

齐绘看热闹不嫌事大："拍张照片给章驰问问呗。"

胡牧远抓着小海豚，战战兢兢地立在寒气缭绕的冰面上，不敢轻举妄动。

"来，走两步。"谭一舟袖手站在一米开外。

胡牧远抬起一点又赶紧放下，脚下冰刀鞋似有千斤重。

"别怕。"谭一舟滑到她身边，"你穿这么厚，又有护具，摔了也不疼。"

"明明疼。"胡牧远小声反驳。

她早在入口那儿就摔了几跤了，连滚带爬才被搀到这里。场外的谭一舟大概看不下去，也换了装备进场。

"跟着我做，胡牧远。"谭一舟放松站着，给她示范，"先把小海豚放开，再自然站直，双腿分开，对，脚尖朝外，呈外八状。很好，现在把脚提起来走小碎步，一二——"

谭一舟一句口号没念完，胡牧远就歪了下去，准确讲是她迈脚出去的那一刻就失去了平衡。

谭一舟捞她起来，好笑道："胡牧远，你手脚怎么这么不协调？"他想起了什么，脸上笑意更甚，"也是，我记得你好像从小运动神经就不怎么发达，打个篮球都能把脚砸出血。"

"那是踢的。"胡牧远当然记得她那颗劈叉的小脚趾。

"还好意思说啊胡牧远，你见谁用脚踢篮球了。"

"那是以前，我现在也是能投进去几个的好不好。"

"我不相信。"谭一舟笑她，"胡牧远，你花钱进来当雕塑的吗？"

胡牧远重新恢复外八站姿，小心翼翼正要出发，面前忽然多出一只半抬的手。

"扶着我。"谭一舟让胡牧远抓住自己小臂，"慢慢来，先学会步行。"

胡牧远拽着谭一舟，绕场蹒跚学步两三周后，水准大有改善，不光能独立行进，还有余力和谭一舟厚着脸皮自夸："是不是进步神速？"

"嗯。"谭一舟肯定道，"比我女儿三岁那会也就差一点。"

"喊。"胡牧远心态乐观，"我跟自己比。"

"哇哇哇哇——"

正前方的谭可意刹不住车似的，突然朝两人猛冲了过来。

胡牧远滑开一点儿，谭可意"啊呀"一声，准确无误地抱住了谭一舟的大腿。

"这么好玩？"谭一舟在谭可意仰起的脸蛋上刮了刮。

谭可意哈哈笑："有惊无险，有惊无险。"

胡牧远要笑死了，她一下午听谭可意念叨她的口头禅不下十回了，其实她滑得很好，一入冰场如鱼得水，花样百出，是故意跟谭一舟玩闹，才会这么直愣愣地撞上来。

谭一舟："玩累了没？要不要出去吃东西？"

"再玩五分钟。"谭可意一蹬冰，倒退着滑远。

"我累了。学长，我可不可以申请坐小海豚？"

话音刚落，胡牧远悬空在身侧保持平衡的右手蓦地被人牵起，连带着她如离弦箭般飞了出去。

慌乱只在一瞬，她很快认出了来人。

"章驰，你怎么在这儿！"

章驰恍若未闻，半弓着身体滑得飞快，胡牧远在急速带来的劈面风里与无数人交错，吓得手脚僵硬，心脏都要跳出来了。

横穿大半个冰场后，章驰陡然转身定住，胡牧远止不住冲劲，撞进了他怀里，章驰卸力后退，两人一块儿砸到了护栏边。

呼吸和心跳声擂鼓一般响在耳边，惊魂未定的胡牧远怒视章驰："你发什么疯！"

章驰半抱着，低头看她，脸色如冰面布满寒霜。

"胡牧远，你跟你的白月光重逢，怎么也不和我说一声？"

"你怎么知道的？不是你想的那样。"胡牧远稍稍退开，"我们先出去再说，好不好？"

章驰忽然抬手，重重抹去胡牧远唇上的口红。

"疼！"胡牧远偏头躲开。

"你也疼啊。"章驰微微笑了下，寒声道，"胡牧远，见我怎么样都行，见他就不一样，是吧？你说我该怎么想？"

胡牧远肤色白皙，目似点漆，涂点颜色实在好看，章驰其实是第一次看，胸腔中却充斥着难言的不痛快。他盯着胡牧远被他擦去一大半依旧嫣红的唇，以及因他草草一下而晕成一团的嘴角，心头火和不合时宜的冲动一并烧起，他扬起食指又是恶劣一蹭。

胡牧远恼了，狠狠拍开他的手。

谭可意突然从一旁冒了出来，忽闪忽闪的大眼睛在两人之间来回打转。

"你们在吵架吗？"

"没有。"胡牧远克制着情绪，朝她笑了笑。

"我饿了。"谭可意拉住胡牧远的手，乖乖重复爸爸教她的话，"姐姐，陪我出去吃麦当劳吧。"

"好。"

章驰也跟了上来。

麦当劳一楼近柜台的四人桌旁，谭可意一手抓玩具公仔，一手抓鸡翅慢腾腾地啃咬。

谭一舟扫了眼对面气氛奇怪的少年男女，心里明镜一般。

他笑着和胡牧远说话："小牧远，你今天私教课体验得怎么样？"

"很好啊。"胡牧远其实很能装相，她不愿在他人面前显得难堪，干脆视线一寸都不往旁偏移，也若无其事和谭一舟玩笑，"怎么收费啊，谭老师？"

"我想想……"谭一舟往后一靠，"请我看电影吧。"

谭一舟没打算掺和年轻人的恋爱游戏，纯粹是恶趣味作祟，存心要捉弄胡牧远的臭脸男友。

胡牧远有些意外："好……"

"我陪你看。"章驰打断了她的话，"谭老师想看什么？"

谭一舟："不合适吧。"

"怎么不合适？我作为牧远的男朋友，这点小事还是可以代劳。"

胡牧远："不劳你费心。"

"对。"谭一舟悠悠道，"这是我和牧远之间的事。"

胡牧远疑惑地看着谭一舟，总觉得哪儿有点奇怪。

章驰冷着脸，侧头看了眼沉默的胡牧远，却见胡牧远的目光直直地盯着谭一舟，他气得太阳穴直跳，直接扣住了胡牧远放在腿上的手。胡牧远抽手要挣脱，章驰强硬挤进她指间，与她十指相扣。两人在桌下不动声色地角力，连带着表情都不大好看。

谭一舟只当作看不见，泰然迎视章驰略带敌意的目光。

章驰："谭医生和牧远怎么认识的？"

谭一舟："常常见面，自然而然就认识了。对了，牧远，你记不记得你回老家之前给我打的那个电话？那时候哭得那么伤心，说要我的联系方式，怎么我一个电话都没等到？"

胡牧远："我……不小心弄丢了。而且我哪有哭？"

谭一舟："不承认啊，我可记得很清楚。"

章驰忍无可忍："谭医生医院不忙吗？"

"忙啊。"谭可意认真道，"爸爸特别忙，等下就要去值班的。"

谭一舟捏女儿的脸："你还操这么大的心呢。"

"我还想喝椰椰冻，好不好，爸爸，我们去买椰椰冻。"

"好啊。"谭一舟朝牧远一笑，"那我们先走了，牧远，再联系。"

"好。"

尾声

谭一舟牵着谭可意出门之后，胡牧远挣开了章驰的手。

"胡牧远，你没有话要对我说？"

"你要听什么？"胡牧远问心无愧，不愿和吃错药的章驰解释，"我没什么好说的。"

"和我没什么好说，和他就能有说有笑。"

"随你怎么想。"

胡牧远抽动椅子要走，章驰没起身，只用脚踩住她座椅横梁往下一顿，将她卡在原地，一拉一扯间，凳角划过地面，类似嘶鸣的声音刺耳无比，惹来不少视线注目。

胡牧远只得坐下。

"你的理想型，你念念不忘的谭一舟哥哥，原来是同一个人。"

章驰面无表情道，"暗恋对方这么多年，终于等到他离婚，高兴坏了吧，胡牧远。"

胡牧远愣了愣："他离婚了？你怎么知道？"

她不知道？章驰突然暗悔失言，转瞬又被一股更汹涌的怒意攫住："你可以啊，胡牧远，为了跟他约会，当第三者也不在乎？你就这么迫不及待？"

他这样看她？胡牧远紧紧抿着唇，气上心头反而平静，她无动于衷道："是啊。我就是喜欢他，从小就想嫁给他，第三者算什么，更出格的事我也能做。怎么，你看不惯啊？那分手好了。"

章驰冷笑一声，牙槽差点咬碎："你做梦。"

胡牧远："让开。"

僵持半晌，章驰率先起身，大步离开。

在俱乐部发泄似的狠敲了几小时鼓，章驰败坏至谷底的心情仍旧没有好过多少。

他盯着鼓面一直静坐到窗外华灯初上，心中没来由起了悔意。他想他其实不该这么沉不住气，胡牧远是一只吃软不吃硬的刺猬，越激越不低头，一定要刺伤对方才痛快。两人这样不欢而散，恐怕胡牧远心里觉得正好，她巴不得他找她吵一架，好顺理成章分手，去找她的一舟哥哥。

怪只怪他从收到周沅林连珠炮似的消息起，便叫焦躁与不安燃去了部分理智。

昨日温存历历在目，章驰不觉得胡牧远完全变心，可他又难免想起她昨天在床上未出口的话，她在想什么，她要说什么？

她能因为一张纸跟他翻脸，更何况谭一舟本人出现在她身边。他既然没有十足把握将自己和谭一舟放在同一个天平上衡量会有胜算，就不该扔掉手中的砝码。

当晚近九点，胡牧远接到周沅林的电话，开口就说章驰要把自己喝死了："胡牧远，我是劝不住了，他一直叫你的名字，还哭呢，求你了，过来看看吧。"

电话挂断，章驰问："她说来吗？"

"嗯。"周沅林扫了眼现场凌乱的酒瓶，"兄弟，你是不是有点心机了？"

"你懂什么。"

他不能和她干耗下去，也就无所谓用什么方式。反正等胡牧远回头和他说软话，他七老八十了也未必等得到。

胡牧远迎着冷风走到西鹜别苑，按门铃却无人回应。

她开门进去，室内静悄悄的，空气中弥漫着淡淡酒香。

茶几和地上各摆了几听拉开的啤酒，章驰眉头紧皱，蜷缩在沙发上。

胡牧远蹲在他面前，看了会儿"不省人事"的章驰，又悄无声息地起身，径直进了卧室。

章驰躺不下去，跟进卧室却见胡牧远在床边折她落在他家的衣服，他心里一沉，快步过去，将她叠好摆在一边的衣服重又揉成一团扔开。胡牧远不说话，手上动作一秒不停，只是她收一件，章驰扔一件，两人无声地较劲，胡牧远干脆倾身，一把捞起散落在床头的衣物。

章驰从后面抱住了她，他下巴抵在她颈窝，将她牢牢圈在怀里。

胡牧远越推，章驰双臂收得越紧，她掰他的手，却碰到他手腕上细细的发绳，和发绳上小小的蝴蝶结。

"我错了，胡绵绵，你别走。"章驰用脸颊蹭了蹭她，似有若无的酒气便随着吐息沾在她发间耳际。

胡牧远还要气他："不是分手了吗，章驰，你干什么。"

"谁同意了。"章驰闷闷道，"你喜欢他我也不分手。"

"那我脚踏两条船了。"

"你踏吧。"章驰将她打横抱起，扔在床上，冷冷道，"你要踏我有什么办法。"

胡牧远嘴角刚弯了一点便止住，依然被章驰看见了。

他逼近她："你笑什么？"

"我没笑啊。"胡牧远不肯承认。

章驰捏她半边脸："说不说。"

"好了。"胡牧远抓住他的手，心平气和道，"章驰，你想错了。我跟谭一舟之间压根没什么，他拿我当小孩，也不会喜欢我。你不用这样。"

"你不是小孩了。"章驰不信这套论调，今天当明天不会当，这一刻当，下一秒不会当，"哪天谭一舟真说喜欢你，你是不是要头也不回地抛弃我。"

"干吗这么想？我从来没想过要和他在一起。"

"为什么？哦，你觉得恋爱不长久，怕没谈好，和你的一舟哥哥连朋友都没得做。和我就没关系。"

胡牧远哑口片刻，啄了啄他的唇："你干吗非钻牛角尖？"

"我说对了吗？"

"错了。"

他将她压在身下，直直望进她眼底："胡牧远，你到底什么时候认识的他。"他又好在哪里，为什么不一样，你和他再次遇见是什么时候，今天是见的第几次面。章驰在意的问题不止一星半点。

胡牧远并不躲闪，两人在这样近的距离里对视，一丁点儿微末情绪都能被清晰感知。她知道他在介意什么，不光此刻，他白天的怒意和口不择言也好懂不过。她本来没想和他吵成那样，也不知道两人最后怎么生了那么大的气。从东泰离开之后，她以为他们且得冷战一段时间，也许就这么一拍两散也未可知。结果章驰半天不到就打来了电话，而她明知道周沅林说章驰寻死觅活是假话，还是来了。

"你真要听啊。"她问他。

"嗯。"

"其实也没什么。"

确实没什么。她和谭一舟之间的交集，撒去她百转千回的心思，不用花多少工夫就能说清楚。

于小学生胡牧远来说，世界太小了，能得到的糖也太少，认识谭一舟，以及与他相处的几段夏日时光，是她不大愉快的童年中最珍视的记忆，连带着医生这个职业都有了别样意义。她对他当然有过朦胧的喜欢，可惜还来不及萌芽便被几张结婚照扼杀了。至于谭一舟对她，胡牧远越长大越明白，他帮过她的种种，于他只不过是举手之劳的善意，他看她没有丝毫特殊，她不在他可以对话的世界里。

她理解了这些，还是想见他。

上周与谭一舟在始料未及的状况下重逢，短短十来分钟交汇又消失在了人海中，太短了，所以她以滑冰为由再次来了东泰。

胡牧远知道很多事瓜田李下容易叫人误会，可她心里是坦荡的。她没有要和他风月，就一定得做陌生人吗？他对她来说曾如此重要，她想找到一种舒适的方式，和他做朋友也有错？

"我不好吗？"章驰问她，"胡绵绵，我小时候也对你也很友好，你为什么不对我念念不忘？你就是喜欢大哥哥，偏偏对我无情。"

"你这么说就没意思了。难道你没有喜欢过漂亮姐姐？这种喜欢是镜中花，水中月，不会结果的。"

"哦。"章驰看着她，冷不丁道，"我跟谭一舟同时掉进河里，你救谁？"

"神经病。"胡牧远忍不住笑了，"你好幼稚啊。"

"当然没你的一舟哥哥成熟了。"

"章驰，你有完没完？"

"没完。"章驰抓着她胡搅蛮缠，"说啊，救他还是救我？"

胡牧远张嘴真要说，章驰却先吻了过来。

次日上午，胡牧远踩着铃声尾巴跑进教室。

聂思臻趴在桌上，睁着一双惺忪睡眼问她："和好了？"

"嗯。你又熬夜剪视频？"

"还差一点，就弄完算了，困死我了。"

"睡吧，帮你看着。"

下课之后，胡牧远去了一趟郑岚老师的办公室。

聂思臻："怎么了？"

"给我加作业。"胡牧远苦着脸，"说元旦之前发给他。"

"看来太受器重也不是好事，郑老师不做人啊。"聂思臻对她报以深深的同情，"下个月可是死亡月。"

十二月的确是死亡月，对胡牧远来说尤其。她要检视修改《误我》的连载内容，要准备期末和六级考试，要为梁溪做复习资料，还要绞尽脑汁构思郑岚的半命题作业。

章驰这一阵反而清闲起来，闲到有时间研究厨艺。

胡牧远做完一套听力，从书房出来，先闻到煎蛋的香味，继而见章驰穿着围裙站在厨房里，她惊讶极了。

"章驰，你还会做饭？"

集成灶上一个锅里烧着水，一个锅里躺了两枚荷包蛋，砧板上有切碎的葱花和小米椒，菜篮里有洗净的几片生菜，有模有样的，光看颜色便叫人食指大动。

"不会。"章驰滑动立在一边的平板，"刚学的。"

胡牧远仔细确认了一下荷包蛋的状态，狐疑道："刚学能煎这么好？"

"有天分咯。"

胡牧远打开冰箱，之前里边从来只有冷饮水果，现下突然多出了蔬菜鸡蛋。只是那装鸡蛋的塑胶盒里明明有十几个坑位，如今却只剩下孤零零一枚独苗。

她凑去章驰面前明知故问："剩下的鸡蛋呢？"

章驰低头在她仰起的脸上亲了亲。

"问你呢。"

"牺牲了。"章驰无辜道。

"喊。"胡牧远嘴角上扬。

章驰轻笑一声，推着她往外走："快好了，出去等我。"

冬日早晨有一碗热气腾腾的挂面吃，实在太幸福不过。

胡牧远不知道光照着菜谱按部就班的章驰怎么做到的，端出来的成品不光卖相上佳，咸淡软硬也很适宜。而她白白吃了他的面，免不了要付出一些代价。虽然这代价于她已司空见惯。

可章驰显然并不满足于此，他捏着她的手问她："你下午去不去滑冰？"

胡牧远当然不去，她想去也去不成，但她说："如果去呢？"

"我陪你。"

"不用你陪。"

"胡绵绵。"章驰压住她，"你是不是成心的？"

胡牧远笑了，她伸出手比画小拇指尖尖给章驰，"章驰，你怎么这么小气。你的心只有这么一点大吗？"

"我只有一颗心。不像有的人。"

"我也只有一颗心，而且我心里也没有鬼。"

"是吗？"章驰往下钻，"我检查检查。"

"不行。"胡牧远立马蹿开他往床边爬，"不能再来了。我得去把卷子写完。"

章驰抓着她的脚踝将人拖回来："我速战速决。"

"狼来了！没人信了！"

章驰好玩又好笑，更不能放她走："最后一次，我保证。"他扣住她双腿，俯身吻上她膝盖内侧平滑的疤痕。

胡牧远打了个激灵，兵败如山倒。

"章驰，你太可怕了。"

她无力也要推他，却反被他送去了别的地方。

结束之后，胡牧远爬起来重整山河。

章驰一脸餍足，还想玩她头发，被胡牧远"啪"地拍开，他问她："你想考多少啊胡绵绵？帮你开小灶。"

"不用。"胡牧远警告他，"章驰，你不许进来啊。"

"好冷酷。"

"少来。"胡牧远一而再，再而三在他的曲意示弱下上当，不吃这套了，"哪次我们一块儿在书房好好学习了？"

章驰无话可说，老实讲他也奇怪，他以前没觉得自己是定力这么差的人，好像她在他身上挨几下，他的身体就违背了他的意志。

"这么不知节制，荒淫无度，我看你寒假怎么办。"胡牧远甩头离开。

寒假能怎么办，章驰早习惯了他有一个在长假期间总会半失联的女友，只要他少去承载了过多旖旎画面的西鹜别苑，晚上少想一点她，时间也不算太难熬。

柯宇鸣看他整天跟自己在律所里昏天暗地，疑心外甥是被甩了，他迂回问了一句："给你的东西用上了吗？"

当时他是未雨绸缪、防微杜渐，才会在递法律期刊的时候顺道抓了几个小方块扔给章驰。

"你给他什么了？"柯雨薇在沙发另一边坐下。

"几本书。"柯宇鸣面不改色道。

柯雨薇："什么书？"

柯宇鸣："就《中外法学》《法商研究》之类的。"

柯雨薇："是吗？"

"嗯。"章驰盯着电视里的春晚节目，含糊应了一声。何止用上，床头抽屉里重新码了一排。

"姐。"柯宇鸣抓紧转移话题，"你之前不是说小驰跟家里阿姨在学下厨？学得怎么样了？"

"那要问他。"柯雨薇轻飘飘道，"又不是为我学的。"

"章驰，这就是你不对了，学都学了，不给舅舅和你妈妈亮一手？"

"你们又不爱吃面。"

"还不是你带的好头。"柯雨薇将剥下的橘子皮丢在柯宇鸣身上，没好气道。

"跟我有什么关系！"

"一个两个谈起恋爱一点出息没有，净会讨女孩欢心，柯宇鸣，我问你，你追贺晓涵追十多年了，你有结果了吗？"

柯宇鸣哑火了："我心里有数。"

那头胡牧远的除夕夜，也正和奶奶一大家子人在客厅里烤火话家常。

聂思臻忽然叮咚叮咚给她发来几则消息。

胡牧远点开，先看见聊天页面上方的视频链接，预览标题是《误我》的剧情向剪辑。

聂思臻：不用谢。提前祝你生日快乐，绵绵冰大大。

胡牧远：？

聂思臻：快看啊。

胡牧远回房间找到耳机才打开视频。

聂思臻作为忠实观众"混迹"影视综艺圈多年，"磕过的CP"包罗万象。有的虽资源不少，但能看的没几个；有的过于冷门毫不相干，难免遍寻全网颗粒无收。聂思臻欲壑难填，只好开始琢磨独立制作，包括但不限于写文和剪视频。

在早期练手阶段，聂思臻同样产出了大量思路混乱的垃圾，通常还未见天日便被她尘封进了硬盘里。

后来也许失败的次数多了，量变引起质变，她突然打通任督二脉，明白了要怎样选取组接素材，怎样连贯流畅叙事。

几个出圈视频过后，聂思臻的粉丝量飞速上涨，因此在胡牧远点开这个发布日期为昨天的《误我》剪辑时，屏幕上方已然飘了好几层弹幕，有些是对演员的表白，有些是对角色的争议，还有些是看完小说过来的二刷留念。

胡牧远胸口怦怦跳，心情格外微妙。

聂思臻对张星楚和左宇麒的选择是早年武侠电影中的一对金童玉女，配乐却是节奏极强踩点要求极高的一首英文歌，短短几分钟内高潮迭起，萧飒又烂漫，最后一剑刺下戛然而止时，胡牧远都要被虐死了。

　　"牛哇，聂小倩大大。"胡牧远带笑的语音混着烟花腾空声一道送去了聂思臻耳边。

　　聂思臻：怎么样？喜不喜欢？

　　胡牧远：喜欢啊，你怎么这么好！

　　聂思臻：嘿嘿，记得去《误我》评论区看看哦，有惊喜。

　　胡牧远其实已隐约猜到是什么，切出APP点开后，果然看见《误我》那儿涌入不少新读者，她津津有味地将留评一一刷完，再回到客厅时，脸上挂着自己都没意识到的笑容。

　　伯母："牧远什么事这么高兴啊？刚刚在里边和谁聊天呢？"

　　胡牧远："就是和朋友呀。"

　　伯母玩笑道："是不是谈恋爱啦？"

　　胡东成看了她一眼，胡牧远说："没有。就是一个寝室的室友。"

　　刚参加工作半年的堂哥笑她："干吗这么紧张，都大学了，就算谈恋爱也不是什么大事。"

　　张茜："那不行，现在还是太早了。"

　　"大学谈什么恋爱。"胡东成语气严厉，"女孩子要那么早谈恋爱做什么？尤其棠城那么远，她以后要回来工作的，谈也是白白浪费时间。"

　　"是太远了。"奶奶赞同道，"女孩子还是要回来，回来好，最好就在家面前。"

胡东成的钢材店在初六要正式开门营业，胡牧远一家人便在初五那天大包小包从乡里回了邵城。

胡牧远其实更愿意在奶奶家待着，无拘无束，自由自在。她自己家有太多不成文的规定，比如手机声音不能外放，戴耳机不能笑得太开心，闲聊时间不能过长，以免两个初中生无心读书。可惜正月十三是她生日，她得和父母待在一块儿。

一直以来，胡牧远家任何成员过生日都差不多，没什么特别，甚至不会放在明面上讲，大家围在桌前心照不宣地吃完一餐较往常更丰盛的饭，平平淡淡就过去了。

只这次不一样，二十岁在胡东成看来毕竟是一个意义非凡的节点，他吃到一半，跟胡牧远说话："胡牧远，你也二十岁了，是大人了，也要对将来有个规划了，别一天到晚就窝在房间里玩电脑。"

张茜接话："是的，你弟弟妹妹马上都升初三了，你做姐姐的平常没事多给他们补补课嘛，这也是为你以后考老师做准备呀。"

胡东成："不考老师就考公务员，反正就这两个。听见没？"

胡牧远不是第一次被这么半命令式地敲打了，她之前从没反驳过，这会儿却回了一句："我不会回来的。"

饭桌上静了几秒，张茜问她："怎么就不回来了？"

胡牧远抬起头，轻轻道："妈妈，家里建房子那年，人手不够，我们三个都在搬砖，弟弟累了不肯搬，你就笑眯眯哄他：'这是给你建房子呢！'既然是为弟弟建的房子，我为什么要回来？"

"不可能！"张茜愕然驳斥，"我什么时候说过？你别睁眼说瞎话。"

"不承认算了，无所谓。我记得就行了。"

胡牧远不光记得这句话，还记得张茜当时诱哄的语气和表情。妈妈是不会这样对她和妹妹说话的，她从没有被妈妈哄过。被区别对待的事当然不止这一件，同样是买文具问妈妈拿钱，妹妹要问三次，弟弟只要一次，三个小孩都想吃街边店里的零食，弟弟撒娇总是更能如愿，她和妹妹的泪水总夹杂着冷嘲热讽，弟弟却会得到一句温柔的"怎么了？"

　　但这些叫人伤心的小事在父母眼中不算事，说出来也是自取其辱，他们还总爱标榜自己对三个子女一视同仁。胡牧远不愿小家子气地锱铢必较，从不开口乞怜，可她心里看得见。

　　"你妈妈就算说了，也不是那个意思，你就能一直记恨到现在？"胡东成质问她。

　　胡牧远："我没有。我只是明确告诉你们，我不会回来。"

　　胡东成"哼"一声："你反正一直是这样，天王老子都没你厉害。初中毕业屁都不放一个就跑去考雁城的高中，高考填志愿让你报免费师范你不报，半点不晓得为家里减轻负担。真这么有骨气，你就别问我要钱。"

　　"我们家少我读书的钱吗？"

　　胡东成："家里不少这些钱，钱也不是大风刮来的，当老师包分配有什么不好？你以为外面工作那么好找？要我看当初就不该把你带到身边，读那么多书干什么？专门只会气父母，让你读完初中十几岁出去打工，你就知道好歹了。"

　　胡牧远放下筷子，平心静气道："爸爸，你不如把我花了你多少钱算出来，我以后一笔一笔还给你。"

　　张茜："胡牧远，你越说越不像话了啊。"

胡东成盯着她："还了你想怎么样？你是要断绝关系了？胡牧远，你别以为我现在不敢打你。"

"你打啊。"胡牧远顶回去，"你打我就报警。"

胡东成勃然大怒，还未起身就被张茜拦住了，他指着胡牧远破口大骂："你个白眼狼！现在翅膀还没硬，就这么不把你老子放在眼里，等你毕业了还得了？我告诉你，以后你不是我女，你别喊我爸，你爱回来不回来，别带坏了两个小的，你不回来我还能多活几年！"

"好了。少说两句。"张茜把人劝走，"你跟她生什么气？"

饭桌上只剩下了三姐弟，胡牧馨早就没心思吃饭，胡牧惟倒很安然，扒完碗里最后一口，他将口袋里所有红红绿绿的压岁钱一并放在了胡牧远面前。

"姐姐，生日快乐。"

胡牧远愣了下，突然懊悔起了方才的发作，其实弟弟一直都很好，弟弟妹妹都很好，对她几乎言听计从。

"对不起。"她语带歉意，"惟惟，我不是针对你。"

"我知道。"胡牧惟笑了笑，"不过妈妈真的说了吗？我一点印象都没有。但姐姐，我是相信你的。"

"爸妈有时候是有点那什么。"胡牧馨也将压岁钱拿了出来，"姐姐，爸爸不给你钱了怎么办，你这些够吗？"

"姐姐有钱。你俩才没钱用，自己收着吧。"

饭后不久，张茜坐到胡牧远身边，"你爸就那么随口一说。他又没有真的动手，你张口闭口要报警，你一个当女儿的你像话吗？"

胡牧远不应声。

"而且你没发现你爸这几年脾气好很多了吗？他都多少年没打你了。"

"几年？"胡牧远气笑了，"不就是从初三那次之后吗？他以前打我打得少了？妈妈，我小的时候动辄得咎，随随便便就挨打，我做错了什么就要那样打我？你知不知道我那时候每天多害怕？最好笑的是我还以为每个小孩都挨打，后来才知道原来只有我是出气筒。"

"什么出气筒？"张茜反应激烈，"只被你讲得这么难听，胡牧远，养你这么多年，你难道就记得打了你？你不知道感恩吗？那几年爸爸妈妈条件那么不好，都要把你送去好学校，你读个小学借读费花了快一万你知不知道？而且大家都是这么过来的，就你斤斤计较，死抓着不放。胡牧远，你怎么这么爱记仇？"

"你以为我想记得？哦，你们养小孩的时候从来不在乎她感受，长大了又想她忘得一干二净，只念你们的好，你们怎么不养小猫小狗？"

"主要是你脾气太犟了。"张茜指责她，"你比你弟弟妹妹犟多少你知不知道？再一个房子的事你肯定记错了，我绝对没讲过，我跟你爸对你们三姐弟向来是一碗水端平的，从小到大读书补课，吃的穿的，从来没少过谁。"

"算了。"胡牧远心里堵得慌，不想再争了。

张茜："去给你爸爸道个歉。"

"我不去。"胡牧远起身径自出门。

"你去哪？"张茜追过来问。

"你管她干什么？"胡东成怒斥，"她死在外面最好！"

胡牧远出小区后沿着石砖路漫无目的地走了会，突然听见有人叫她的名字。

"胡绵绵！"

胡牧远讶然转头，看见章驰站在对面一棵香樟树下朝她笑，他戴了顶灰色渔夫帽，穿着米色短款羽绒服，笔挺俊朗，打眼得不得了。

胡牧远横穿马路，飞奔过去，扑进他怀里。

章驰很意外，低头看她表情："怎么了？"

胡牧远本来若无其事，被他这么一问，没来由红了眼眶："没什么。"她瓮声答了一句，偏开头，不肯叫他看清。

章驰却误会了，他微微弯腰，捧着她的脸仔细察看。泪盈盈的胡牧远和记忆中站在超市门口流泪的女孩重合，章驰严肃道："你爸爸打你了？"

"没有。"胡牧远意识到不对劲了，她绷着脸退后一步，又被章驰拉住。

"小心车。"他说。

胡牧远看着他："为什么这么问？"

"我饿了。胡绵绵，我们回酒店慢慢说，好不好？"

章驰的酒店就定在附近，胡牧远给他点完外卖，将手机扔去一边。

胡牧远："说啊。"

"说什么？"章驰不那么想说。

"章驰，你见过我挨打啊。"胡牧远单刀直入道。

她从未向他人揭过伤疤，想来想去，只剩下最不堪的一种状况。

"嗯。"

他是见过。四年级那年暑假，柯宇鸣、晓涵姑姑带着他和贺佳宁自驾去邻市玩了一趟，回来路上，经过一家大型商超，因出入车辆太多堵了一会，他坐在车中百无聊赖，忽然看见不远处的超市门口站着同班同学胡牧远。

胡牧远是章驰心中挺有意思的一位女同学，她其实不太合群的，尤其在王老师发现她的闪光点之前。章驰如果不是无意被她摊开的周记中的丰富世界吸引，也不会将目光放在这样一个不起眼的同学身上。

他正要摇下车窗和她打招呼，胡牧远身旁站着的一个穿深蓝工作服的男人突然在她脸上狠狠扇了一巴掌。章驰从小连重话都没怎么听过，这毫无预兆、突如其来的一耳光扇得胡牧远差点没站稳，也给他带来了莫大冲击。

车辆远去，他还一直回头，胡牧远压抑着泪水，委屈又倔强的模样深深刻在了他的脑海里。他第二天找去了工人新村。

"难怪。"胡牧远恍然道，"难怪你要带我去你家看漫画。原来是可怜我。"

章驰说不清自己那时在想什么，也许他什么也没想，只是想帮她，像帮雨天没有屋檐遮蔽的小猫。虽然不知道为什么，小猫后来不来了，还疏远他，对他避之若浼。

重逢之后，章驰对胡牧远的关注更多源于往事，他倒也没觉得自己是喜欢她。直到那次去西鹜山，他在她靠近的一刹那失语，心中生起无法宣之于口的杂念。

"你不可怜。"章驰半躺在床上，也将她拉了下来，"我可怜，胡绵绵，不如你先可怜我。"

"你哪儿可怜。"

"你说呢。"

章驰遮住她双眼，吻和纤细冰凉的银链一块儿落在她脖颈。

"生日快乐。"他吻她的耳朵，"胡绵绵，祝你永远快乐，和男朋友长长久久。"

胡牧远忍俊不禁，正要说话，她放在一旁的手机响了起来。两人都看见了屏幕上的"蒋凌竹"三字。

顿了几秒，胡牧远要下床去接，章驰一翻身将她重新压倒。

"就在这儿接。"他不轻不重地捏了捏她的手腕。

蒋凌竹约她晚上出去玩，胡牧远婉拒之后他又问她之后几天有没有空。

胡牧远在章驰的注视下芒刺在背，没聊几句便匆匆挂了电话。

章驰："你好忙啊，胡绵绵。"

胡牧远亲了亲他嘴角："章驰，你什么时候回去？"

章驰："赶我走啊。"

"不是。"胡牧远下定决心，"章驰，我们一起回棠城吧。"

正月十四上午，胡牧远拖着行李箱悄悄离开了家。

直到坐上开往棠城的高铁，胡牧远才以回校兼职为由给妈妈发了信息。

她如此先斩后奏、不告而别，险些在家庭群里引起轩然大波，伯伯、姑姑们轮番打来电话，责怪她任性妄为不懂事，父母说两句而已，她居然发这么大脾气。

　　胡牧远没什么好辩驳的，她自认没和父母较劲，她只是不想在家待着而已。与其相看两生厌，不如她主动退到他们视线范围之外，反正无论什么矛盾，在她家都会无疾而终。他们只是需要一点时间，来重新恢复到母慈子孝的状态。

　　两天之后，胡东成给她打了钱，胡牧远原封不动又转了回去。她想或许她多做几份家教，养活自己也不成问题。

　　然而之后发生的事出乎意料，《误我》在社交平台上的热度持续攀升，图书编辑和影视公司都找上了胡牧远。

　　售出一系列版权之后，胡牧远经济彻底独立，她给家里转了一笔十分可观的数目，自此假期行踪再不受父母约束。

　　大三那年暑假，章驰和胡牧远一路从青岛玩到威海，住在距海水浴场一街之隔的民宿里。

　　威海风景秀丽，气候宜人，只阳光和南方各城大不相同，胡牧远五点多因梦醒来，外面天光已大亮，她轻手轻脚拉开落地窗，湿凉海风迎面而来，卷得纱帘白鸽一样扑棱。

　　海浪拍岸的哗啦声混着苍翠松涛，在静谧清晨分外清晰真切，胡牧远站在弧形阳台上，面向一望无际的碧海蓝天深深深呼吸，胸腔水洗一般心旷神怡。

　　"下去玩吗？"章驰不知何时走了出来。

"好啊。"

时间太早，沿街铺面一家都没开门，行人也寥寥无几，绵长的海岸线除了她和章驰，便只剩下几只早起的小鸟。

胡牧远提着裤腿，追着堆叠涌来的雪白浪花跑跑跳跳，玩得不亦乐乎。

章驰对海没有她这样大的热情，他慢悠悠地跟在她身后，一头黑发被海风吹得乱糟糟的，仿佛一个没睡醒的落拓公子哥。

"章驰！"

胡牧远回头看他，才发现他单手插兜，另一只手拿着DV在拍她。

"你拍什么！"

"拍傻子。"章驰懒洋洋道。

"你才傻！"胡牧远跑过去要关，章驰不避不闪，直接将她一把抄了起来。

胡牧远抢DV的同时，趁机将腿上的细沙全蹭在他身上。

章驰自食恶果，立刻又将她扒拉下来。

他轻咳一声，左右看看。

胡牧远怎么不明白，她退后两步，忽然拔腿往回跑。

——正文完——

周日下午的酒店大堂意外清静，来往行人寥寥无几。

章驰按下楼层，与他一同进入电梯的女士却迟迟没有动作，他不用转头，也能感觉到她落在他身上的视线。

章驰并未在意，对方却忽然递过来一张名片。

"你好，我是知南影业的制片人贺楠。"

"你好。"

"你是哪个公司的？签了经纪人吗？"

章驰挑眉，从口袋里抽出一张名片与她交换。

"有需要可以找我。"

贺楠看清名片上的字，才知道闹了乌龙。

"不好意思。"

也不怪她误会，这座距影视城不远的星级酒店常年被各大剧组包下，她见他样貌出众，难免先入为主了。贺楠遗憾之余，免不了猜想他是哪位女演员的地下男友。正好他跟自己去同一个楼层，或许她放慢一点脚步，很快便能揭晓谜底。

然而贺楠怎么也没想到，章驰要找的人和自己要见的人竟是同一个。

胡牧远也很讶异于他们的同时出现。

她问章驰："你怎么来了？"

"想你了。"章驰视贺楠如空气，张手就要抱。

贺楠靠在门边，看着和刚才在电梯里仿佛判若两人的章驰，体贴道："不然我过两个小时再来？"

"喂。"胡牧远笑着白了她一眼。她将章驰往一旁的吧台推，不忘在他脸上亲了亲，"你先忙点别的。我们要过剧本，之前就约好了的。"

"行吧。"章驰勉为其难道。

贺楠和胡牧远虽然早就认识，合作却是第一次。两人坐在落地窗边的小沙发上讨论完剧本，贺楠又提起方才的小插曲，"胡牧远，说来说去要怪你，老公这么帅，竟然藏着掖着从来也不晒。"

胡牧远忍不住笑："这么好笑的事我怎么不在场？"

"你要在我还能搞错？"

"也是。可惜啊可惜。"

"你俩怎么认识的？"

"大学同学啊。"

"啊？"贺楠有几分意外，"那你们在一起也挺久了。"

"嗯，快十年了。"

"中间分过手没？"

胡牧远看了眼吧台边专心致志敲电脑的章驰，小声说了一句："算分过吧。"

章驰："我是没分过手，不知道你和谁分的手。"

胡牧远吐了吐舌头："章驰，你少偷听我们讲话。"

准确讲是冷战到了岌岌可危的地步。那年两人刚从雁大毕业，章驰去国外读LLM[10]，胡牧远则进了剧组，她有数不尽的东西要从头学起，忙得日夜颠倒脚不沾地，错过了章驰不少电话，信息也常常忘了回复。

章驰被冷落的次数多了，难免情绪不好，冷言冷语跟她吵了一架。吵完两人半个月没联系，等胡牧远意识到置顶的对话框沉寂已久时，半个月已经过去了，她便以为两人就这么玩完了。

可就在她盯着他的名字发呆时，章驰又打来了视频。

两人隔着十万八千里沉默半晌，她问他："章驰，你怎么了？"

"你说我怎么了？"

"你在那边还适应吗？"

"你现在知道问了。"

"你是不是有什么情况啊，章驰。"

---

10 法学硕士

"胡牧远，你什么意思？"

"我们在一起这么久，觉得腻味也在所难免。章驰，你如果认识了新的人，可以去尝试啊。"胡牧远故作洒脱道。

章驰一眯眼，逼近了问她："你认识谁了。"

胡牧远垂下眼，"没谁。"

章驰："哦。"

次日深夜，胡牧远坐在书桌前改稿，冷不丁听见一阵拍门声。她的心跳不由自主地加快，三步并作两步跑去开门，门外站的果然是章驰。她在他开口之前先吻了上去。

两人在床上连打几架后和好如初，离开之前，章驰捏着她的脸威胁："胡绵绵，你敢移情别恋，我不会放过你的。"

胡牧远抓着他的手腕，脸蛋在他手心里蹭了蹭："我不会的。"

她口是心非道："章驰，你以后不要随随便便回来了。"

"不想我回来啊，那昨晚又是谁在激我？"

"是你先冷战的。"

"是你先不理我。"

"明明是你先。而且你一个人在外面，周围环肥燕瘦、美女如云的，谁知道你在忙什么了。"

章驰盯着她看了一会儿，转身拿过手机，发了张照片给胡牧远。

照片是大三那年两人在敦煌玩时拍的，胡牧远穿着吊带和花色长裤，就着夕阳霞光，坐在地板上对镜自拍，章驰路过顺便捣乱，从后将她抱在怀里亲，胡牧远八风不动地按下快门，亲吻的画面便被捕捉了下来。

胡牧远："干吗？"

章驰将照片设成了两人的手机壁纸。

胡牧远犹豫道："不好吧，这样太张扬了。"

"哪儿张扬了。"章驰不觉得，"我回去再把笔记本和平板的换了。"说完他意有所指地扫了眼她放在不远处的笔记本。

"我不换，这也太幼稚了。而且这些都是形式，压根也没有约束作用嘛。"

章驰"哦"了一声，慢条斯理道："那你意思是需要别的、有法律效力的约束了？"

"没有啊。"胡牧远自知失言，立刻找补道，"我是说心的约束，承诺的约束。"

章驰笑了笑，也不说破，他啄了啄她的唇："我走了，胡绵绵，你乖乖等我，记得想我，我见不到你，心情不好，你别老招我吵架。"

"你才别跟我吵架。"

"嗯。"

"行了。"贺楠将布满了改动痕迹的剧本重新放回包内，起身道，"牧远，今天就先到这吧，还有什么问题我们线上再聊。"

"好啊。"

胡牧远将人送到门口，章驰也跟了过来，贺楠临了又回头八卦了一句："哎，你俩谁追的谁啊？"

章驰："她追的我。"

贺楠扑哧一笑，"嗯，看出来了，很明显。难追吗？章律师。"

章驰："有点吧。"

贺楠哈哈笑："走了，拜拜。"

门一关上，章驰便扯下领带，带着人往浴室走。

胡牧远贴着门不动，她问他："章律师，你追过我吗？"

"怎么没有？"

"你那也叫追啊？隔了一个寒假没见，一见面莫名其妙亲我一下，然后让我跟你谈恋爱，连表白都没有，章驰，你这能叫追吗？那时候我俩压根都不熟好不好？你看电视里演的校园恋爱，人家一个个多纯情啊，对视一下，拉个小手都要脸红，我们怎么没有？"

"怪谁？"章驰不紧不慢地解袖扣，解完袖扣解纽扣，"胡绵绵，你打从一开始就没想跟我熟，你让我怎么办？"

原本章驰没太在意胡牧远对他态度如何，直到那次去西鹜山，他忍不住在人群中找她，她却暗搓搓地留他和别人共处。这也就算了，玩真心话问有没有理想型时她竟然毫不犹豫就弯下了手指。章驰不想承认，可他那一刻确实不爽，哦，他这么大个人站面前，她眼睛里就一点看不见。

后来在厨房，他拦着她算总账，却差一点吻上去，过后连自己都诧异突如其来的冲动，他在观光车上的一点意动，也不知道怎么才过半天，就叫胡牧远气得好像不可收拾了。胡牧远跑了之后，打定主意要在室友面前粉饰太平，变本加厉地躲着他，章驰心里门清，他要不是接下来一段时间要备赛，早找上门去了。

"瞎说。"胡牧远现在一概不承认了。

章驰不跟她纠缠，他眼前早就只剩一件事。